빵점 같은 힘찬 자유

창비시선 530

빵점 같은 힘찬 자유

초판 1쇄 발행/2026년 1월 21일

지은이/김승희
펴낸이/염종선
책임편집/곽주현 박문수
조판/황숙화
펴낸곳/(주)창비
등록/1986년 8월 5일 제85호
주소/10881 경기도 파주시 회동길 184
전화/031-955-3333
팩시밀리/영업 031-955-3399 편집 031-955-3400
홈페이지/www.changbi.com
전자우편/lit@changbi.com

ⓒ 김승희 2026
ISBN 978-89-364-2530-2 03810

빵점 같은 힘찬 자유

김승희 시집

창비

차
례

제1부

제3부

제4부

제 1 부

가난에 대하여

가난은 전깃줄 위에 나란히 앉아 있는
반쯤 감전된 검은 까마귀들이거나
신문지로 덮어놓은 밥상
구타와 악다구니와 꽃밭 앞에 나동그라지는 세숫대야
천지는 인자하지 않단다
가진 것이라고는 몸뚱이 하나
병들어서 어느 날 밤에 누군가는 생을 떠나고
아침 골목에 내놓은
연탄재 구멍 속에 누군가 파란 손목 두개를 꽂아놓았네

가난은 폭삭 끊어진 계단
계단이 없으면 천사도 안 오고 약장수도 안 오고
돈도 안 오고
밤새 눈 내려 얼어붙은 빙판길에 압정같이 떨어진 별빛들
가난은 압정 같은 별빛을 밟고 걸었다

슬픔은 휘발되지 않더라
슬픔은 가라앉아 벽돌이 되기도 하더라
그 벽돌이 몸을 이기기도 하더라

벽돌 한장만 한 마당에 꼬부랑 할머니가
세살짜리 손녀와 앉아 채송화나 분꽃 씨앗을 심는 것
아욱을 바락바락 씻고 맑은 쌀뜨물에 된장을 살짝 풀듯이
어진 손이 그렇게 하는 것
천지는 인자하지 않지만
가난 속에서 어진 기운이 나오는 파릇한 움틀임의 방향으로
그렇구나,
가난이 마지막 단어가 아니라서 다행이다

마음에 대하여

인생이란 마음처럼 쉬운 게 아니야,

절망을 스펀지처럼 빨아들이는 밤이 있어

두부처럼 뚝뚝 떨어져 나간 마음이 있어

바로크의 마음, 일그러진 진주

붉은 울음을 토해내는 불안한 명자나무 꽃

아무것도 말해주지 않은 나의 단어

마음이 정물화인가 풍경화인가 바람 속에 흔들리고 있는데

이 마음 저 마음 다른 마음

어떤 마음은 뫼비우스의 띠처럼 안과 밖의 구분이 없는 길

뫼비우스의 띠를 걷고 있는 두 사람,

안과 밖에 있는 두 사람은 만날 수 있다는데

꼭 막힌 심장의 고리를 어떻게 풀어놓아야 하나

다른 마음은 동굴의 해골바가지 속 해골 물을 마시고 있
다고 하는데

고골(枯骨) 고골 고골을 넘어서

해골 물을 마시고 날아서 자유혼이 되나

여기까지 버리고 거기까지 버려서 어떻게 다른 마음이 되나

앵앵의 무늬

모든 중요한 일은 모르는 사이에 일어난다
나도 모르게 심장에 병이 스며들고
나도 모르게 얼굴은 빨래판같이 변하고
나도 모르게 소를 잃고 외양간도 잃는다
나도 모르게 믿는 도끼에 발등을 찍히고
나도 모르게 생기는 우연한 돌발의 모깃소리
나도 모르게 세상의 많은 다리가 무너지고
나도 모르게 일어나는 일들은
결코 우리의 용서를 구하는 법이 없다

일어날 일들은 언제나 일어나고야 만다
혈관을 파고드는 그렇게나 아름다운 설탕
별처럼 반짝이는 하얀 소금 알갱이
내가 내 마음을 몰랐다
지하철역에서 에스컬레이터를 탄 사람들이 일렬로 서서
위로 올라가고 있는데
내 앞의 한 남자가 갑자기 자기 앞에 선 여자의 목걸이를
뒤로 낚아채는 바람에
진주 목걸이가 끊어지면서 그 여자가 뒤로 넘어졌고

연달아 사람들이 우르르 뒤로 굴러떨어진 일이 있었다
운행 중인 에스컬레이터 위에서

목뼈가 어긋나는 골절이나
여기저기 파랗게 타박상이 일어나고
찬연히 빛나며 사방으로 흩어지는 진주알을 잡으려고
우르르 또 굴러떨어지는 사람들
와중에 저 먼 지평선에서 솟아 올라오는
두 손바닥의 애정 어린 비탄

나도 모르게 일어나는 일들이 나를 만들고
나도 모르게 일어나는 일들로 나는 만들어진다
나도 모르게 들어와 앵앵거리며
뇌 속을 날고 있는 모기 한마리
뇌에 불이 켜지면
빨간색에 집착하는 모기
앵앵의 무늬 속에 나부끼는 나
나는 어디까지 나인가?
나의 삶은 어디까지 내가 사는 것인가?

어떻게 해야 내가 모르는 그것으로부터 도망칠 수 있
을까?

대체 나도 모르는 나는 누구인가?

이 뜨거운 시

뜨겁게 달구어진 프라이팬 위에서
달걀의 흰자위와 노른자위가 익어가고 있다는 것이 시가
될까
펄펄 끓는 프라이팬에 달걀을 깼을 때
갑자기 털이 몇가닥 붙은 병아리 한마리가
앗 뜨거워 앗 뜨거워
가녀린 두 발을 번갈아 밟으며
지글거리는 프라이팬을 뛰쳐나왔다고 해야
시가 되겠지
많이 무서웠지?
얼마나 무서웠을까?
그런 시

그 뜨거운 무쇠 프라이팬에서 두 발을 번갈아 밟으며 간
신히 도망쳐 나온
눈도 못 뜬 노란 병아리
반투명한 양막을 뒤집어쓰고
앗 뜨거워 앗 뜨거워
인생을 알기 전에 화상부터 입었네

온통 불붙은 세계의 스크린이 얼떨떨한 그런 시

양막은 포유류의 태아를 싼 반투명의 얇은 막
그럼 병아리가 포유류야? 포유류였어? 닭이 젖을 먹였어?
뜨거운 프라이팬 위에서 병아리가 젖을 먹었나? 닭이 젖
꼭지를 물렸나?
그림은 자비롭지만
닭이 포유류가 아니니까 시가 되지
시는 그런 거지
그런 시

이 액체의 정체성
금방이라도 머리카락 줄줄 흐르는 물에서
소복 입고 머리 푼 여인이 나올 것만 같은 그런 시,
지글거리는 프라이팬에 물이 뚝뚝 떨어지고
하얀 수증기에 살이 익어가는 고통
시인은 아프다는 말도 못하고 웃고 있어
맥락이 끊어진 뼈의 고통
전신 화상으로 수포가 벌떼처럼 일어나

두개골 속에 하얀 찔레꽃이 무더기무더기로 피어나네
그렇게 돌발적인 것이 있어
그저 어안이 벙벙한 우연
돌발성의 황홀이라는 것
거대한 윤회의 바퀴가 돌아가다 끊어져 전복되고 굴러가니
그런 것이 시인
그런 시

아침마다 생각마다 빨간 사과가 온다

행복하지 않기에 불행하다는 동아줄에 묶여 있습니까
불행하기에 행복할 수 없다는 비애의 한계도 있습니까
행복은 쌍둥이로 태어난다는 바이런의 말은 진실입니까

우리는 행복이 모자라 불행한 것은 아닙니다
불행이 불행한 것 때문에 내가 불행한 것은 아닙니다
행복의 상투어 때문에 우리의 불행이 넘칩니다
불행의 상투어 때문에 나는 아프게 산 적도 있습니다
그렇게 행복의 상투어는 우리를 소외시킵니다
불행의 상투어 때문에 우리는 존재를 잃어갑니다

행복은 상투어라고 말할 수 있는 용기가 있습니까
불행도 상투어라고 말할 수 있는 용기가 있습니까
삶의 상투어를 부수는 자유를 향한 용기!
새로운 삶의 편린에 대한 반짝이는 열정의 행로
그런 찬란한 전설의 부재가 우리를 슬프게 합니다

관절이 부러진 상처의 상투어
하얀 파도에 몸을 맡기고

파란 나무 잎사귀 사이로 반짝이는 햇빛을 바라보고
자연에는 상투어가 거의 없는 것 같습니다
사랑도 별도 상투어가 없습니다
순식간에 꽃이 피고
아침마다 생각마다 빨간 사과가 옵니다

밤의 철물점 이야기

보름달은 어느 맑은 밤 순수문학 같지만
거리의 밤은 맨홀에 빠진 것처럼 불확실한 밤이다
아픈 밤은 골절된 일그러진 밤
슈퍼, 약국, 부동산, 미용실, 커피점, 떡집의 셔터가 내려져
있고
동네 철물점에는 심야에도 환한 불이 켜져 있다

가게 안은 구멍같이 좁고 온갖 잡동사니가 즐비하고
밤의 소소한 철물점에는 이야기가 가득하다
배터리, 멀티탭, 커터칼, 실리콘이며 경첩이며 변기 수세
미, 빗자루
볼트, 너트, 펜치, 드라이버, 망치며 꺾쇠여
곡괭이며 넉가래며 삽자루며 쇠스랑이며 도끼며 호미며
그런 견고한 철물들의 단단함이여
노동의 신성한 공구와 도구와 더불어

우리 집에 고장 난 것들이 많은데
철물점 아저씨는 이제 병이 들어 출장 수리를 하지 않고
안방 문 경첩이며 주방 수도꼭지여

22

고장 난 것들은 다 어디로 가나

한밤중에 철물점 문이 환하게 열리고 빛이 유난히 흘러넘치고 있는데

내일 철수한다고 두런두런한다

일꾼 두명이 녹슬고 찌그러진 폐기물들을 용달차에 싣고 있다

보름달 아래 아줌마는 항아리에 쏟아진 물을 주워 담고 있고

병든 아저씨도 집 나간 딸도 어디 있는지 알 수 없고

아리아리는 가슴앓이 노래다

쓰리쓰리는 가슴 쓰린 노래다

너와 나의 밤의 이야기들

미치거나 울거나 너와 나는 아리랑이다

맨홀에 빠진 보름달이다

호박의 단상

아, 다르고 어, 다른 여름 햇빛 아래
아기 머리통만 한 호박이 줄지어 익어가고 있다
그늘 속에 사는 것
땡볕 속에 사는 것
운명의 지리학에는 완충선이 없다
여기를 봐도 저기를 봐도 오로지 빨간불
빨간불의 타는 고독 속에
아, 다르고 어, 다른 여름 호박의 소나기 아래
배보다 더 큰 배꼽을 내놓고
피가 단순해지는 늘어지는 낮잠

너는 살아도 호박, 죽어도 호박
억지로 하는 것과 저절로 되는 것,
호박, 억지로 익지 마라
저절로 되는 것이 잘되는 것이다

공항 짐 찾는 곳에서

우리는 누구나 환자의 보호자가 되고
환자가 되고
유족이 되고
망자가 되는데
할 말이 없습니다

어제도 오늘도 내일도
나도 당신도 삼인칭도 사인칭도
다만 차례를 모를 뿐입니다

공항 짐 찾는 곳에서 트렁크를 찾으려고 빙빙 도는데
항상 나의 짐은 빨리 안 나옵니다
우왕좌왕 다니면서 짐을 찾아보는데
기다림에 차례가 없다는 것을 이제 알았습니다
이제나저제나 나는 기다리고 있어요
나의 짐은 아직 소식이 없네요

이 반짝이는 하루

이상하죠, 햇빛 속에서
열쇠 쨍그랑거리는 소리가 나고
자전거 바퀴 돌아가는 소리가 들리고
폐에 공기가 가득 차면
어쩐지 자폐증이 녹아 없어지는 것 같아요

자폐증은 열쇠가 분실된 상태이며
열쇠가 분실된 상태에서
자아가 앞으로 나아갈 다른 길이 없다는 마음
가슴속에서 사각사각 셀로판지 구겨지는 소리

이상하죠, 저쪽에서 내 딸이 내가 모르는 사람들과 함께
웃으며 걸어오는데
딸의 머리칼 너머로 햇빛이 환해지며
사방에서 열쇠 쨍그랑거리는 소리가 나는 것이 있어요

햇빛이 돌 속에 일기를 쓰고
세심하게 커팅한 크리스털 와인 잔 속에
쨍그랑하고 부딪치는 투명한 햇빛 같은 것이 있어요

저는 가내수공업 해요
원석을 깨서 보석을 다듬고 있어요
폐가 돌가루를 많이 먹은 것도 사실이랍니다

그래도 흩어지는 햇빛 아래 가슴이 웃고 있어요
사과가 익어가는 계절의 햇빛 속에
오늘
오늘 이 하루

야근을 하는 옥잠화에게

옥잠화는 백설 같은 꽃이고 백설기 같은 꽃이고 야근을
하는 소녀다
이봐, 거기…… 밤이 부른다
네, 저 여기 있어요……
낮에는 저주에 걸린 백조였을까, 밤에 옷을 짓는 소녀
옥잠화는 밤에 꽃 피어 눈 뜨고
아침에는 잠자며 피 한방울 없이 시들어가는 꽃
야근이여, 콩밭의 비명이여

봉제 소녀 같은 가냘픈 불면증의 밭에
내가 옥잠화를 보는 게 아니라 옥잠화가 나를 보고
때로는 하루하루 자서전 같은 꽃이 있네
달걀을 닮은 심장의 모양 같은 달걀 꽃
밤에 피고 아침에 시들어
물결 모양으로 새벽이슬이 흐르고
옥잠화가 나를 보는 게 아니라 내가 옥잠화를 보는데

땡볕의 생존 속에서 두 손으로 뙤약볕을 가리는 뜨거운 손
가슴에 자서전을 꼭 품고

아침에 잠드는 전쟁 같은 하얀 꽃이여
낮의 옥잠화는 전쟁같이 시드는 꽃이지만
밤의 옥잠화는 야근을 하는 존엄한 생의 이야기
밤이 깊어지면 향기도 깊어지는데
힘이 없어도 힘을 내서 야근을 하는
박꽃, 달맞이꽃, 밤 나팔꽃, 분꽃이며 옥잠화여

이봐, 거기…… 또 밤이 부른다
네, 저 여기 있어요……
빛을 사랑하지만 그늘진 시간을 살아야 하는
낮에는 저주에 걸린 백조였을까
누구인지 하얗고 푸른 옥잠화의 허공에
모든 형상의 무너짐이며 사라짐이여
백설 같은 꽃이고 백설기 같은 꽃이고 야근을 하는 소녀
밤이여, 콩밭의 비명이여, 하얀 밤의 자서전이여

그래도 푸른 하늘이 많다

희망은 구석기시대나 신석기시대나
다 똑같을 것이다
그렇게 돌이 기억하는 희망이 있을 것이다
돌이 기억하는 절망도 있었을 것이다
희망도 절망도 구석기시대나 신석기시대도 다 같을 것이다

곡기를 끊고 울면서
희망이 죽었다고 생각하는 밤이 있다
희망이 이미 죽었기 때문에 마음이 없는 순간이 있다
내 마음이 이미 없어졌기 때문에
절망도 환하게 꽃피는 돌이 있다

그러니까 내 마음만 없어지면 된다
펄펄 끓는 물에 마음이 엎어지면 된다
내 마음만 없어지면
시체 썩은 물로 양치를 한 후
내 마음만 없어지면 해골바가지 안에 맑은 샘물이 흐르고
그래서 희망을 슬픈 재앙이라고 부르지 않을 거다

희망에는 눈을 가리고 앉은 여자가 있고
절망에는 노래가 없다
돌과 돌과 돌
시와 시와 시
희망은 불완전했지만 완전했고
그래서 많은 페이지의 무수한 하늘이 있다
새로운 나를 낳고 싶다고 나는 푸른 하늘을 쳐다본다

나의 해골과 나의 타자

죽음에 대해 생각할 때면
나는 타자라는 생각
은유도 아니고 상징도 아니고
다른 것도 아니고
죽음은 절대타자라는 생각
어머니가 파리하게 숨결을 거두며
못 박힌 손, 갈릴리의 피 묻은 나무, 옆구리에서 퍼붓는 피
사랑의 자서전과 기막힌 무서움
희미한 혼이 흩어지고 몸이 돌로 굳어갈 때
공장에서 미리 섞은 레미콘같이 단단하게 굳어가는 것
죽음은 정말 타자라는 고독한 물질
바람의 향기도 백합의 향기도 사람의 향기도 사라지고
파닥이는 나비도 날아가고
영성보다도 물질이라는 무서움
영성보다도 바위 같은 몸서리쳐지는 차가움
해골보다 더 단단한 검은 뼈
푸른 하늘보다, 단테보다 더 밝은 아침 혼보다,
영성보다 더 멀리 낯선 것
차가운 극지

해골의 뼈와

날개 없는 흙과

나의 죽음, 불모의 시멘트 같은 절대타자

선풍기는 돌아가고

이 가혹한 지루한 여름
미칠 것 같은 열대야의 밤
아무도 나를 구원할 수 없는 시간에
선풍기 바람이 돌고 있다
누구지? 누구던가? 누구였던가?
메일 주소가 캄캄 kamkam이라는 이름이었는데
얼마나 캄캄하면 인류의 웹 메일 명단에 자기 이름을 올려놓았겠는가?
이미 청력을 상실한 베토벤처럼
선풍기 날개가 돌고 있다
순례자라고 하는가
모기 모기 모기라고 하는가
열대야의 밤에 땀이 흐르는데
손으로 만져보니 모기 날개에 피가 흐르는데
점점 더 나를 구원할 수 없는 시간에
선풍기 바람이
모기의 피를 흘리며 돌고 있고
이미 청력을 상실한 베토벤이고
소리와 단절된

고난과 수도의 시간인데
선풍기 날개의 놀라운 헌신과 열정
뜨거운 몰입
우산처럼 확 펴지는 환희의 바람
어두운 하늘 아래서 무수한 별 아래서
끝없이 걸어가는 순례자 같은
귀먹은 순교자 같은
뼈 빠지게 돌아가고 있는 선풍기 날개
캄캄한 그리움으로 그렇게 선풍기는 돌아가고 있다

너와 나의 보리밭

보리밭 위로 바람이 부는데 나의 이야기는 끝이 아니다
나의 이야기는 끝이 아닐까
늦가을에 파종하고 싹이 튼 후 월동하여
봄에 줄기가 자라고 꽃이 피고 초록색 이삭이 자라는데

너와 나의 보리밭에는
소녀의 연애편지가 숨어 있고
심장이 터질 듯한 통증의 가슴이 있고
짝사랑의 눈물이나 실연의 이야기가 있고
골방 안에 동굴 같은 꿈이 넘치고
푸른 하늘 아래 종다리가 울고
산들바람에 보리밭의 허리가 넌출 일어선다

빨간 칸 원고지에 습작시를 쓰던 소녀도 있고
비밀이며 공상이며 거짓말이며 눈물이며
보리밭에는 그런 수상한 것이 많이 있었다

나의 말이여 낯선 자음이여 모음이여 문장이여 쉼표여 마
침표여 감탄사여

청보리밭이 황금 보리밭으로 변해가는 때
너와 나의 이야기는 보리밭에 만개했고
푸른 보리밭이 자라서 누런 보리밭이 될 때까지
까마귀가 노래를 부르는 망종 때까지

푸른 하늘 아래
무수한 너와 나의 이야기가 있다
보리밭은 영혼을 채워가고
고통과 아픔 속에서 누런 보리밭 속에서 나의 시는 무르
익었다

얼마나 깊은 고독 속에서 무수한 흰나비
가 날아오는지

묘 이장을 하러 가는데
윤년의 윤달의 손 없는 날이라고 했습니다
파란 하늘 아래 햇빛이 환했고
봉분을 열고 묘혈을 파고 흙을 헤치고 관을 열고
뼈 치아 두개골 작은 유골을 수습하여
한지를 깔고 조각을 모으는데
저 아래서 가냘픈 작은 것이 움직입니다

웬일인지 묘혈 바닥에서 누에고치 같은 것이 움직이는 것
입니다
고치가 찢어져 애벌레가 꿈틀거리고
아프게 고통을 흡수하며 위로 올라가려고 합니다
가련하고 연약한 흰나비들이 자궁 같은 누에고치 같은 묘
혈에서
힘없이 퍼덕거리다 애련하게 흔들립니다
누에고치에도 고통이 있을까요?
흩어져 올라 덧없이 날아갑니다
흰색으로 날아가고 아름답게 흩어집니다

가족묘를 열고 고요히 들여다봅니다
그 묘혈의 자리에서도 작은 고치가 올라옵니다
자궁 같은 누에고치 같은 구멍에서
흰나비가 또 흰나비를 따라서 연이어 올라옵니다
나비가 천사를 운반하고
천사가 나비를 운반하는지
누군가 나비의 씨앗을 파종하고
상복을 입은
흰나비로 날아가 여기저기 허공으로 뿌리는 건가요

약속도 없이 흰나비들은 날아서 춤추고
나는 그때 아주 오래전에 죽었고 새로 살았습니다

흰나비를 보는 마음

봄에는 왜 이렇게 추운지 모르겠다
스웨터의 뜨개실이 배꼽에서부터 고요히 풀리고 있다
몽롱한 아스피린 하얀 분말 같은 대기
노인들이나 아장아장 걷는 아기들은 중력이 약해서
나비처럼 가벼운 것 같다

봄에는 새 옷을 사려고 했는데
봉은사역 3번 출구 앞 옷가게가 폐업하고 있다
순댓국 식당 옆 '자매 패션'
일꾼들이 옷상자를 들고 나가고
쇼윈도 앞에 마네킹이 몇개 서 있다
마네킹의 옷을 벗기고 여자를 분해하려고 한다

노란색 가발 빨간색 가발 흑색 가발
검은 눈 갈색 눈 파란 눈
모가지 팔 다리 가슴 배 허벅지 손가락 발가락을 뚝뚝 꺾고
몸을 정리해서 야단법석을 한다
입관을 한다
어제

골목길을 지나갈 때 살아 있는 여자인 줄 알고 소스라치게 놀랐다

봄에는 중력이 약해서 삶과 죽음이 뒤죽박죽한다
스웨터의 뜨개실이 배꼽에서부터 입까지 조용히 풀려 나가는데
현실과 초현실과 비현실
내가 나비인가 나비가 나인가
봄에는 내가 나를 다 내다 버릴 수 있을 것 같다

뼈 항아리

기차는 달린다
뼈 항아리, 여자는 항아리에 뼛조각을 담아 들고 객실로
들어왔다

파란 불꽃을 튕기며 철로에 바퀴 달리는 소리가 들린다
풍경이 바뀌고 차갑게 부서진 바람이 창밖에 흩어진다
고통의 문제는 해석될 수 없으면 극복되지 않는다고
고통의 의미를 이해하려고 할수록 고통은 자란다고
열차가 지나가는 선로 사이의 한뼘 돌밭에서도 풀이 자라
고 있다
풀은 흔들리고 흔들리다 색이 바래 갈대처럼 하얗다

항아리 속에서 뼈들이 흔들린다, 마찰이 심해 깨지고 부
서진다
손가락뼈가 부서지고 머리뼈가 부딪치는 소리
빨리 지나가는 순간, 차창 밖으로 사라지는 풍경

실패와 절망과 뼈의 일기, 고통의 의미는 고통의 무의미다
항아리 속에서 마모되는 두개골이 뼛가루 같은 분말이 되

어 흔들린다

　마찰 마모 마찰 마모 마찰 마모 마찰…… 철로는 평행선
을 그리며 앞으로 뻗어간다
　두 손을 뻗어도 닿을 수 없는 선로의 평행

　여자의 몸이 거기 가로로 놓여 있는 것 같다
　덧없이 흩어지는 바람 속으로
　욕조 안에서 머리를 벽에 부딪치며 우는 여인이 보인다
　비밀스런 화음이 울리는 오열의 극장이 있다

　여자의 발자국이 꽃잎같이 달린다

　많은 빛과 색채를 품고 달라진 풍경에 달라진 산과 물과
바위가 있다
　여자 대신 내내 울고 가는 기차 바퀴가 있다
　어느새 빨갛고 노란 단풍은 산야에 떨어지고
　파란 불꽃이 튀는 선로에 몸을 부딪치며 우는 극장이 달
린다

끝에서 끝까지 끝에서 끝으로
메아리 아득한 의미의 분말이 뼛가루처럼 산야에 흩어진다
어디에 시작이 있고 어디에 끝이 있는가
마찰 마모 마찰 마모 마찰 마모 마찰……
뼈 항아리 부딪치는 벌판에 바람이 스친다

제 2 부

깨진 심장의 시를 쓴다

사랑의 학파는 이상한 학파라고
가스파라 스탐파는 그런 이상한 말을 했다
릴케는 그녀를 매우 찬미했는데
버림받은 사랑을 어떻게 가슴속에서 키우는지
그녀를 존경했다네*
기다림이란 지긋지긋한 것이라고 외치면서도
아픈 것이 지긋지긋하다고 하면서도
사랑이란 당신의 사디즘을 살짝 받쳐주는 나의 마조히즘
도 있다는데
그녀의 사랑의 학파는 이상한 학파라고
울고 웃고 기다리고 던져버리고
좋은 약을 거부하고 독약을 찾는 그런 사랑도 있다는데
가혹한 사랑의 본능을
거룩한 본능이라고 부르는 것은 무엇인지
그는 푸른 바다를 향해 배를 타고 자유롭게 다니는데
그녀에게는 추운 밤바다의 고통밖에 없다네
그래서 고통은 펜과 동등하고
그래서 사랑도 펜과 동등하고
그녀의 사랑법은

쓰라린 사랑으로 쓰라린 시를 쓰는 것
그래서 그녀는 깨진 심장으로 311편의 시를 썼다네
311편의 라임을 쓰고 31세의 그녀는 죽었지**

양쪽 귀에 메아리가 가득 찬 날
사랑은 소유하지 않는 바람의 선물이었다고
그녀는 힘주어 말하고 또 말하고
상실이 불멸이었고
고통이 불멸이었다고
릴케는 알지 못하는 그 여자 시인을 찬미하네

* 릴케 「두이노의 비가 1」 참조.
** 이탈리아의 시인 가스파라 스탐파의 삶과 문학, 위키피디아 참조.

내가 페시미즘이고 페미니즘일 때 세계의 비애를 다 지닌 나는

예전에는 페시미즘이라는 단어가 주목받지 않았다
쇼펜하우어 같은 철학자가 쓰는 말이었는데
상실의 지평선에서 부는 쓸쓸한 바람 같은 것이었다
페시미즘, 페미니즘, 다 비슷한 어감인데
페미니즘은 '여성은 변두리다'로 주목받았고
모든 것을 검은색으로 보고 싶지는 않지만
등대에서 눈동자가 떨어지는 암초의 편린도 있었다

한국시에서 페시미즘이라는 단어를 쓴 것은 박인환이었다
"……등대에……
불이 보이지 않아도
거저 간직한 페시미즘의 미래를 위하여"라는 구절에서
페시미즘의 의미를 알았다
"우리는 처량한 목마 소리를 기억하여야 한다"
"우리는 버지니아 울프의 서러운 이야기를 들어야 한다"*
모든 것은 만나고 헤어지고 꿈꾸며 시들어가고
별은 흐느끼고
순수한 것은 미쳐가고 의식의 흐름이 되고
물에 빠져 죽은 버지니아 울프는 홑이불처럼 흐린 강물

위로 떠올랐다

　……등대에……
　불이 없고
　출항할 힘도 없고
　우울한 페시미즘은 페미니즘이 되고
　황량한 페미니즘이 페시미즘이 될 때
　나는 사랑의 음성을 거짓말처럼 들으며 울어야 한다
　페시미즘의 미래를 위하여 페미니즘의 미래에 대하여
　나는 세계의 비애를 다 지닌 채
　술병의 바람을 다 마시고 등대의 불을 뜨겁게 기억해야
한다

　* 박인환 「목마와 숙녀」.

꽃이 굽이치는 자리

봄은 봄이고
저절로 와야 봄이다
봄꽃이 피어도
저절로 피어야 꽃이다

아무도 없는 마당에 홍매가 저절로 만발했다
저절로 극치에 닿았는데 여기서 무슨 의미론을 찾겠
는가?
피고 지는 것이 저절로 되어야 극치에 가는구나

꽃이 피면 바람의 세계가 저절로 열리는데
아픔 없이 죽음도 저절로 왔다 갔으면 좋겠다
복숭아꽃 살구꽃이 저절로 벙글어졌다 떨어지듯이
아프지 말고 살아라!
아프지 말고 죽어라!

어디까지 아파야 더 아프지 않을 수 있을까
저절로 나을 때까지 아파야 그것이 봄이다

상상임신

꿈꾸는 사람은 상상의 자궁을 지닌다
시인도
화가도
예술가도
혁명가도
상상의 환자
삶도 살아가고 죽음도 살아간다

죽을 때까지 상상임신이 되풀이되어도
불씨가 타오르는 것도
불안이라는 것도
갈증도 그리움이라는 것도
기침이라는 것도
다 아프고 고통받고 원통하고
드라이아이스의 절망 같은 것도
사치라는 것도
위독이라는 것도
어디론가 휘발되고

고맙다는 것
미안하다는 것
사랑한다는 것
자궁의 꿈이라는 것
수태도 임신도 낙태도 유산도
상상이라는 것
먼 피안이라는 것도
감감무소식이라는 것도

꿈꾸는 사람은 상상의 자궁을 지닌다
자연임신도 위대하고
상상도 위대하지만
이제 나에겐 마지막 상상임신이 남아 있을 거다
장미 가시에 찔린 죽음이여
죽음의 씨앗과 죽음의 생육과 죽음의 번식이 나날이 퍼져
가고
라이너 마리아 릴케는 이미 장미의 수의(壽衣)를 완료했다
나의 마지막 상상임신은
그렇게 묘비명으로 완성되고

장미밭에서 장미 위로 흰나비가 날아오른다

횡단보도 빨간 신호등 앞에서

햇빛이 눈사태처럼 쏟아지는 병원 앞 횡단보도에
여자를 비롯하여 많은 사람들이 서 있다
서 있는 사람들은 단순하게 기다린다
신호등이 언제 바뀌나 하고
언제나 빨간 신호등은 길고
파란 신호등은 짧아,
신호등이 바뀌기를 기다리는 얼굴은 돌처럼 외롭다

횡단보도 빨간 신호등 아래 오래 서 있을 때면
심장과 시곗바늘이 하얀 함성으로 함께 뛰고
귀와 귀 사이에 붉은 바람이 팽창한 풍선처럼 가득 차고
사람들과 나란히 설 자격도 없는 것 같아
여자는 자꾸 횡단보도에서 뒤로 물러서고
그러다가 파란 신호등의 시간을 자꾸 놓치고 만다

"엄마, 방금 내가 사람을 죽였어요"
퀸의 「보헤미안 랩소디」 한 구절이
갑자기 아스팔트 위의 눈부신 침묵을 찢고
하늘도 놀란 프레디 머큐리의 무서운 비명,

그 목소리에 갑자기 여자의 가슴에서 죽은 사람들이 깨어
나고
　사람을 몇명이나 죽였는지 모를 여자가
　빨간 신호등 앞에 잠잠히 또 서 있다

　여자가 죽인 사람들의 관과
　죽이지 않은 사람들의 관도
　갑자기 시계가 살아나듯이
　째깍째깍, 우주 속에서 분주하게 움찔거리는데
　죄인지 범죄인지 불확실한 감정
　풀어줘요 풀어줘라 그들을 풀어줘라

　횡단보도 앞에서 빨간 신호등이 바뀌기를 영영 기다리는
　이것은 꿈일까 현실일까?
　퍼붓는 햇빛이 아스팔트 위에 쟁쟁 쏟아지고
　하얀 랩소디의 악보가
　펄펄 폭양의 눈보라처럼 휘몰아치는데

자유라는 말에 대하여

요즈음 누가 자꾸 자유라는 단어를 가두고 있는 것 같다
자유가 필연이면 자유가 아니고
자유는 사치가 아니면 아픈 손가락이고
자유라는 말이 근조 화환을 목에 걸고 다니는 것 같고
자유는 해일처럼 비약적인 것인가 아닌가
자유롭게 생각하고 싶은데 누가 묶고 있는지
자유의 반대말은 속박인가 수갑인가

뉴욕에 갔을 때 자유의 여신상을 보려고 리버티섬에 갔다
자유의 여신상은 프리덤섬이 아니라 리버티섬에 있다
자연적인 자유도 법적 자유 안에 들어 있다는 것이겠다
자유의 여신상은 멋진 명품 구두가 아니라 슬리퍼를 신고
있었다

조각가가 자신의 어머니를 모델로 여신상을 만들었고
어머니의 슬리퍼로 여신상의 슬리퍼를 만들었다
자유는 그렇게 편하고 쉽고 말랑말랑하고 허름한 슬리퍼
를 신고 다닌다
자유는 그렇게 내 몸에 맞는 슬리퍼와 같을 것이다

주민센터에 있는 폐의약품 수거함에 안 먹는 약을 버리려고
알약 보따리를 들고
광동병원 앞 횡단보도를 막 건너고 있을 때
번역원 본부장님과 직원들과
새로 취임하신 은발의 번역원장님을 얼핏 만났다
본부장님이랑 아랍에미리트, 샤르자 국제도서전을 함께 다녀온 뒤
일년 만의 상봉이었다
횡단보도를 건너는 짧은 시간에 나는 불시에 너무 반가워서
손을 잡고 마구 환하게 웃었다
나는 그때 세수도 안 하고 머리도 안 빗고
초라한 꼴로 동네를 누비다가 횡단보도 한가운데서 만난 것인데
그때 불현듯 나는 내가 자유롭구나, 하는 것을 느꼈다
그런 빵점 같은 힘찬 자유가 나는 좋다

그것은 말하자면 자유의 여신상의 슬리퍼와 같은 것이었다

빵점

빵점은 애매모호가 아니다
빵점은 사랑의 폐허가 아니다
군더더기가 없고 변명도 없다
분해서 잠을 못 자는 것도 아니다
백지 한장에
파란 줄 하나 그은 수평선 같은
그런 무(無), 없음이라고
그래서 빵점이라고

가을 나무 아래 형용사가 다 떨어져
텅 빈 하늘 흰 뼈 하나로 남을 때까지도
빵점은 분주할 것도 없이 고요하다
빵점은 치욕이나 수치라고 말하기는 뭐하고
마냥 억울하지도 않고
빵점은 빵점, 명확하다
빵점에게도 존재감이 있다고

나무를 붙잡고 방귀가 나오기를 기다리는 동안
나도 모르게 방귀가 존재냐 무냐, 고민을 해도

사실 빵점도 방귀도 존재감은 확실하다
그런 경우 빵점은 힘찬 자유가 된다
그렇게 나아가는 것
속박을 벗어나서 나아가는 것
한방 날아가는 것

빵점은
사랑의 폐허는 아니고
난파선도 아니고
방귀 같은 그런 힘찬 자유의 말
시작이라고

소나기로부터의 자유

자유에도 여러 종류가 있겠지
수많은 자유 중에서도
소나기에 온몸을 흠뻑 적시고 빗속을 걸어갈 때
그 시원한 해방감이 나는 좋더라
한줌의 빗방울
한줌의 공기
한줌의 하루
한번 망한 자에게 다시 망하는 것이 무슨 의미가 있을까
해도
계속 내리는 비는
아픔도 새로운 비
새로운 구름이 새로운 소나기를 만든다네
쿠사마의 그림 속에 무한히 반복되는 물방울
미소나 목마름, 흐느낌이 배어 나와
새로운 물방울이 새로운 구름을 만든다네
똑같은 호박은 없네
하루하루 그날그날
새로운 비가 새롭게 내린다네
새로운 빗방울마다 새로운 아픔이 박히네

똑같은 해방은 없네
새로운 아픔에 새로운 무거움
한번 망한 다음
소나기로부터의 자유는
무수한 소나기 속으로 그저 걸어 들어가는 것

정신 분열이고 정치 분열이고 뇌가 아픈 새는 섬망을 낳고

정신 분열이 정치 분열을 만들고
정치 분열이 정신 분열을 만드니
여기는 늘 심한 애환의 세계가 벌어지는 곳
풍차 속으로 괴물이 돌진하고
피사의 사탑이 허물어지고
고락이 겹겹이 쌓인 뇌가 아픈 환자가 우왕좌왕하네

뇌가 아픈 새가 걸려 있는
노란 풍차가 돌아가는가
고장 난 풍차가 있고 날개에 깨지고 부딪히고 으깨지고
탈구하고
광인은 감옥으로 가고
환자는 병동으로 가고
자유의 여신상도 다보탑도 석가탑도 날아가고

바람이 부는 낡은 풍차의 시간이며 망각이여 망상이며 섬
망이여
정치 분열이 정신 분열을 낳고
비둘기와 오리가 백조가 병아리 수십마리가

풍차의 발아래서 으깨지고 돌아가고
또 정신 분열이 정치 분열을 낳아
자살이라는 말을 극단적 선택이라는 말로 부르지 말고
고독사를 외로운 죽음으로 미화하지 말고
노동사를 성실로 찬양하지 말고

이것인가 저것인가
고장 난 풍차 아래 정신 분열과 정치 분열이여
한시도 편한 날이 없는 괴물 같은 풍차여
내 정신의 마지막은 정신 분열도 정치 분열도 아니고
병원도 아니고 거리도 아니고 운명(運命)도 운명(殞命)도
아니고
다만 미친 날의 부러진 으깨진 풍차의 시간이여
생니를 뽑는 피 냄새가 묻은 나의 양철 날개여

수선화가 있는 달력

나의 친구
고독사 전에도 고독했고
고독사 후에도 고독하다
애너벨 리처럼 싸늘하게 죽었다

그 방에 찢어진 달력이 신문지와 함께
뒹굴고 있었는데
막상 벽에 걸린 달력에는
샛노란 수선화가 피어나고 있었다
3월, March라고 또렷하게 쓰여 있었다

노란 수선화
노란 프리지어
우리는 3월의 봄꽃을 좋아했지
차가운 대지를 뚫고 총알처럼 올라오는 샛노란 꽃들
냉수 속에 몸을 떠는 노란 새싹들

가난과 고독이 산을 이루는 동안
친구는 홀로 달력 밖으로 길을 나섰네

수선화는 꽃샘바람에 시달리며 피는 꽃
몰려오는 찬 바람을 두 팔로 밀치며 피어나지
영하 50도의 불꽃처럼

확실히 오늘의 나는 어제의 내가 아니다
우리는
고독사한 친구의 고독을 새로 가지게 된 것이다
영하 50도의 불꽃을 지닌 수선화로 함께 피어나는 것이다
수선화가 돌을 키우는 그런 평생이 있다

분홍색 십자가 아래 이름 없는 주소 아래

"여기에 시체나 쓰레기를 버리지 마시오"
여자 시체들을 파묻은 벌판에 분홍색 십자가가 서 있다

가난한 여자들, 집 나간 여자들, 유기된 여자들
죽는 것보다 더 무서운 것은 실종이다
내다 버려지고 강간당하고 납치당하고
이름도 없이 이유도 없이
대도시 화장실에서 뒷골목에서 언덕에서 산속에서 벌판
에서 죽었나
어디에서 어떻게
연기도 없이 신발도 없이 사라졌나

대도시 도심 빌딩 아래서 백인 남편을 기다리는 동안
백인 경비원에게 강간 살해당한 뉴욕의 한인 예술가에 대
하여
(딕테냐 디케냐)
지하 주차장에 끌려가 근처 주차장에 유기된
여성의 시신을 미친 듯 찾으러 다닌 가족에 대하여
그녀의 잘린 한 손에 대하여

66

강가에도 벌판에도 산속에도
대도시 뒷골목에도
"여기에 시체나 쓰레기를 버리지 마시오"
분홍색 십자가 아래
공터에 처참한 흔적을 거기 버리고
신이 눈물을 흘리는 마지막 아픔에 대하여
지지직 지지직 비디오는 돌아가고
퓨즈는 조용히 끊어져 죽음이 너를 자유롭게 하리라고 하
는데

개나리꽃의 일기
엄마는 죽지 않는 봄*

최진실의 묘소 근처에는
노란 개나리꽃이 피어 있었다
최진실은 일기를 쓰던 사람이었다
장미가 피어나던 시간에
장마가 지나가던 시간에
천둥 번개가 지나가던 시간에
머리카락이 헝클어져서 비에 젖어 울고 있던 시간에
머리카락을 말리는 시간에
눈에 별이 반짝이던 사람

이처럼 애틋한 생명
빛을 발하는 기쁨
눈에 기쁨의 빛이 흐트러지고 조각조각 빛났다
일기를 쓰던 사람은 책을 읽던 사람
살아가는 것이 그렇게 불편했던 여자
피와 살과 신경이 그렇게 살아 있던 여자
그녀는 죽었고 또 살았다
아이들은 그녀의 지푸라기
우울한 날에는 매운 고추장수제비를 펄펄 끓여서 먹었다네

인생,

누군가 했던 말,

얼굴 속에 꽉 찬 들판이 있었는데 뭐가 있는 줄 알고 바라
보았는데

텅 빈 벌판만 있고 아무것도 없어서

얼굴 속에 텅 빈 바람만 들고 가는 길

아무것도 없어도 개나리꽃을 들고 헌화를 놓는 두 손

속에 뼈가 있는 파란 사과

* 김종삼 「엄마」, "엄만 죽지 않는 계단" 패러디.

여성 작가의 방

영인문학관 강인숙 원장님께서
문학관에 저의 '작가의 방'을 꾸며보라고 하셨습니다
현재 김동리 선생님과 김상옥 선생님
두 거장의 방이 유리방에 꾸며져 있다고 했습니다

김동리, 김상옥 선생님은 서예가 출중하시고
육필 원고, 서화, 붓, 벼루, 먹, 전각 등도 멋진데
저는 글씨도 빵점이고 그림도 빵점,
수집품도 초라하고 별 볼 일이 없지요
그리고 저는 성격이 이상해서 집안일을 하다가 고급 접시
같은 것이 깨지면
아깝다는 생각보다도
마음이 편안해지고 자유로움을 느껴요
무슨 할 일이 있을까요?
저는 불멸보다는 일상성이 괜찮을지 모르죠
머리칼을 풀어 헤친 보리밭의 일기장 같은 것일지도 모릅
니다

빗자루, 대걸레, 먼지떨이, 빨랫줄, 빨래집게, 옷걸이, 도

마, 피아노 오르골, 발레리나 오르골, 바이올린 오르골, 달리의 녹아 흐르는 시계, 기억의 고집 시계, 장님 시인 호메로스의 흉상(송효섭 교수님 선물), 십자가 세개, 이해인 수녀님이 주신 파란 십자가, 옛날에 파리 벼룩시장에서 샀던 초록색 거울, 파베르제의 부활절 달걀 두개, 몽골에 다녀온 김성례 교수가 사다 준 쌍봉낙타, 모스크바에서 산 마트료시카 인형, 남미에서 산 태양력, 프리다 칼로의 쇼핑백(케이 리처즈 선생님 선물), 냄비, (바늘에 상처 입지 말라고 허윤진이 선물한) 골무 액자, 마녀의 빗자루(심진경 교수와 허윤진), 수탉 모양 편지꽂이, 런던에서 샀던 해리 포터가 쓴 마법의 펜과 잉크 등 뭐 그런 것들입니다, 아 참 분홍색 플라스틱 바가지도 있네요, 다 누구의 선물이나 살림살이입니다, 우리는 불멸보다 일상으로 연대한 것 같습니다

어쩌면 김동리 선생님이나 김상옥 선생님 방의 유품은 문화적 가치가 훌륭할 것인데
나의 '작가의 방' 사물은 초라하고
별 볼 일 없는 것인데
나는 보리밭 같은 일기장

여성 시인의 일상성과 연관이 되는 것

아무튼 기가 죽어서 '작가의 방'을 포기하고 싶기도 하고
또 해보고 싶기도 하고
저도 하루하루 어떻게 될지 모르는 목숨이라 '작가의 방'
을 시도했습니다
보리밭을 풀어 헤친 기억의 방입니다
울고 웃는 그런저런 마음입니다
사랑이나 죽음이나 착각이나 환상이나 고독이나 고통이
나 자유에 대하여
다시 한번 개인의 여성사에 대하여 독백을 나누었습니다

거울의 실낙원

거울은 거울이고
거울은 낙원이고
거울은 고운 어머니의 품이고
또 비 내리는 날의 어두운 가을의 첼로
최고의 비극이고 또 실낙원이다

거울은 나의 졸업이고 이별이고
현기증 나는 상승의 한 계단
또 나는 무엇이고 무엇이 아니고
또 나는 거울의 솟구치는 욕망이자
무한한 낱말의 사슬
나는 나
또다른 나의 나
그리고 자기가 아닌 자
나를 여러개로 쪼개는 자

"거울때문에나는거울속의나를만져보지를못하는구료마는
거울아니었던들내가어찌거울속의나를만나보기만이라도
했겠소"*

내 이름을 부르는 자
내 이름에 답하는 자
내 이름을 아는 자
말하는 자
부수는 자
글을 쓰는 자
시를 쓰는 자
그렇게 여러개의 파편으로 영혼을 만나는 자
울고 있으며 웃고 있고
춤추며 노래하는 자

거울 때문에
거울 아니었던들
그 두개의 존재
나를 만나고 나를 못 만나는 자
낙원이기도 하고 실낙원이기도 한
두개의 존재

나는 거울이고 거울이 아니고
나는 출발이자 졸업이고
나는 죽어가고 나는 살아가는 그런 나날의 날이 있고
거울은 나의 주어이고
나는 나의 주어가 아니고
나는 어머니의 죽음이고
그것이 바로 우리의 실낙원이라고 해도 좋다

* 이상 「거울」.

기다리기 때문에 기다려서 기다림이 자랐다

기다린다
기다렸다
기다릴 것이다
그것이 우리의 역할이겠지

허망하지만 기다린다
허망하지만 기다렸다
허망하지만 기다릴 것이다
헛된 것임을 알지라도

기다림을 기다리지 않는다 해도
그렇다면 무엇을 할 것인가?
기다림은 무에 이르는 질병이라는데
병이라도 앓지 않으면 아무것도 할 것이 없지 않은가?

기다림 때문에 기다림이 있어서
아픔이 곧 신의 은총이라고 하지 않겠는가?
아무것도 안 하는 것보다 기다림이 항상 내일을 속인다는
것이

슬프다고 해도

기다리기 때문에 기다려서 그사이 기다림이 자랐다

이 거리의 빈소

지금 피곤한데 여론조사에 답하라고 전화가 오네요
무슨 여론조사를 하라고 그러세요?
노란 포스트잇이 거리의 빈소에 넘쳐나는데
여론조사를 하라고 전화가 울리니 분노가 오네요
정치인들을 모조리 수형에 처하고 싶은데 그냥 웃고 있어요
여론조사에는 감동이나 갈등이나 도전이 있든지 해야 하
는데
네? 여론조사에 답을 하라고요?
절망과 혼란과 우울, 목 타는 목마름에 충돌의 갈증이 타요
지하철 입구나 쇼핑몰에서 흉기를 들고 죽이러 다니는 정
신분열증 환자가 있고
캐리어 속에 젖은 광기와 증오의 흉기를 감춰놓고
여자를 또 죽이러 가는 또래 여자 살인자와
산길을 돌아다니며 '다 죽이고 나도 죽겠다'
아무나 죽이는 강간 살해범과
신디 셔먼 같은 물화의 포토그래피가 있어요
서초동 서이초등학교 교사 24세 김승희 선생님
검은 옷을 입은 교사들이 분노의 담벼락을 가득 메웠어요
노란 포스트잇과 하얀 국화꽃이 길거리를 가득 채웠어요

하와이 마우이섬 산불 사망자와 실종자는 헤아릴 수 없고
사람도 집도 다 초토화되었는데
빨간 지붕의 이층집만이 화마 속에서 홀로 남아 있네요
불탄 인류는 죽고 빨간 지붕의 집만은 생생하게 살아 있
는데
이것도 놀라운 물화의 기적이 있네요
이렇게 많이 죽었나, 아니 이렇게 많이 죽었나⋯⋯ 그런
물화의 여론조사를 해야 하나요
핑크 십자가라고, 여자가 실종되고 야산에 매몰되고
이름이 지워진 사람들이 사라져가는데
핑크 십자가와 의인의 파란 십자가의 숫자를 조사하라는
그런 여론조사를 하라는 거예요?

네? 그래도 꿈이 있기 때문이라고요? 또 여론조사를 하라
고요?

폐허에서

여기는 폐허입니다
왜 이렇게 폐허가 많이 있습니까
왜 이렇게 폐허가 아픕니까
왜 이렇게 재의 무대가 자주 찾아옵니까
왜 이렇게 가슴이 두근거립니까
왜 이렇게 쓰러진 기념비가 많이 있습니까

엑스레이 사진을 찍을 때 힘껏 숨을 멈추는 것처럼
폐허는 숨을 멈추고 바라보아야 합니다
폐허는 뭉크의 「절규」처럼 두 손으로 귀를 막고
불타는 입으로 요동치는 노을 아래 외치고 있습니다
폐허는 환상의 각도가 어른거리는 장막을 찢고
자신을 내보이는 죽음의 찰나가 있습니다

폐허는 이런 말도 했습니다
"백명 넘는 아이들의 심장박동이 멈춘 오늘 내 나이도 멈
췄습니다 그 죽음을 멈출 수 없다면 내 삶은 의미가 없습니
다"(젤렌스키)
그런 폐허는 그렇게 시작됩니다

또다른 인생

새로운 다른 인생이 있습니다

폐허의 마음에 입관을 하고

폐허에게도 새로운 고향이 왔습니다

꽃이 많이 피는 신의 정원에

나의 마음도 새로 도착했습니다

미완성에는 꿈이 있어서 좋다

갑자기 봉숭아 꽃씨가 툭, 터질 때가 있다
빨간 봉숭아꽃, 하얀 봉숭아꽃을
누군가 한지 안에 가만히 싸놓았다가
안에서 봉숭아 씨앗이 툭, 터져 나올 때가 있는 것이다

존 키츠는 그런 말을 했다
"나는 물 위에 새긴 이름이다"
나도 그런 말을 생각했다
"내가 쓴 모든 것은 백지 위의 하얀 글씨다"
완성에는 꿈이 없지만 미완성에는 꿈이 있어서 좋다

다리는 끊어졌다
완성도 미완성도 굳이 반대말은 맞지만
완숙도 미숙도 그치지 않는 기억의 물결이다
백지 위에 하얀 글씨
하얀 두개골에 하얀 글씨
하얀 혀에 하얀 글씨
나의 관에 흰 종이를 가득 채워 영구차에 싣고 갈 때도
절벽 아래 하얀 글씨는 하얀 물로 흘러갈 것이다

봉숭아 씨앗은 자기 이름을 모르는 채 마음을 다 먹고
마음 놓고 또 툭, 터질 것이다
산으로 들로 강으로 밭으로
봉숭아꽃과 봉숭아 씨앗과 봉숭아 잎과 봉숭아 부활과
혼연일체,
완성도 미완성도 다 좋을 것이다

제 3 부

선율은 무궁하고 사랑도 그렇다

목숨은 선율의 존재이고
웃음도 선율이고
울음도 선율이고
여자도 남자도 선율이고
숨을 들이마시고 숨을 내쉴 때
어울리고 울리고 흐르고 넘치는 것

죽음에 대하여 무슨 말을 하겠는가
숨을 들이마시고 숨을 내쉴 때
사랑도 그렇고 영원도 그렇다
사랑에 대하여 무슨 말을 하겠는가
고통에 대하여 무슨 말을 하겠는가
선율은 무한하고 목숨은 흐른다

나는 선율의 존재
너도 선율의 존재
자장가의 선율처럼
목숨의 선율이 밀물에 썰물에 바다에 방에 가득 차고
울고 웃고

놀고 사랑할 때

어느 날 숨 마시고 숨 쉬며 활짝 선율의 보름달을 열어두
었다

이별이 되어 별이 되니

'베니스에서의 죽음'이라니
어디에나 사랑은 있고 어디에도 죽음은 있다
모래밭과 풀밭에서 바다의 결혼을 구경했다
하얀 웨딩드레스와 면사포가 바람에 날렸다
병든 늙은 작가 에셴바흐는 미소년 타지오를 만나 사랑에
빠지고
그 주변을 맴돌았다
해변에 앉아 파도가 밀려오는 베니스의 욕망을 보았다
소년이 떠날 때 작가는 심장마비로 쓰러지며 마지막 탄성
을 질렀다
"타지오!"
텅 빈 말이자 꽉 찬 말이었다
무한의 공허, 헛된 미완성이자 절규의 완성이었다

푸른 바다가 불렀다
푸른 하늘이 불렀다
푸른 파도에 번지는 노을이 불렀다
"타지오!"
인간의 처음이자 마지막 말이었다

아름다움은 아프고 통증은 격렬하였다
이별이 되어 별이 되니 베니스의 죽음이었다

갑자기 어린 딸이 죽었을 때
에디트 피아프는 신에게 말했다
"하느님, 이게 다예요? 네? 이게 다냐고요?"
무한의 공허, 헛된 미완성이자 절규의 이름이었다
절망의 감탄사였다
바다와 하늘과 태양과 노을이 다 울었다
이별이 되어 별이 되니 장밋빛 인생이었다
나에게도 그렇게 울어야 할 이유가 있었다
이유 없는 이유조차도 나에게 있었다
감탄사와 물음표 사이에 인간의 모든 것은 살아 있었다

어디에나 사랑은 있고 어디에도 죽음은 있다

피고 일기

밤새워 피고석에 서 있다
작은 부끄러움이 큰 부끄러움을 만들어 밤에 어둠이 많다
피고, 이름 말해보세요
이 세상에 하나밖에 없는 사람,
이름이 잘 생각나지 않지만 생각나는 대로 말해본다
피고석에는 해골, 촛대, 시계, 칼과 저울을 든 디케의 여신
상이 놓여 있다

남의 자동차 트렁크 안에 들어갔다가 우연히 갇혀버린 사
람인데
도둑으로 몰렸다
나는 그냥 밤에 혼자 울고 싶어서
남의 자동차 트렁크 안에서 촛불을 켜고 울고 있었는데
남의 자동차 트렁크 안에서 울고 있었다는 그것 때문이다
하얀 말, 검은 말, 푸른 말 들이
창가에 서서 법정을 들여다보고 있다
새벽이 가까워지면서 말들은 점점 더 키가 커져
십오층 아파트보다 더 크고 나무보다 더 푸르렀다

남의 자동차 트렁크 안에서 밤새워 울고 있던 자,

남의 자동차 트렁크는 촛불을 켜놓고 울기에 적절한 장소

는 아니지 않습니까?

왜 당신은 밤새워 난리 발광을 하고 울고 있습니까?

밤마다 재판을 받고 하도 피고, 피고…… 하고 부르니까

내 이름이 김피고인 것만 같다

꽃들이 피고 지고 피고 진다

골짜기를 넘어 들판을 지나 멀리멀리 울음소리가 길에 가

득하다

나는 당신의 진흙이고

당신은 나의 토기장이입니다

토기장이는 진흙으로 무언가를 만듭니다

창세기 시대의 씨앗으로

진흙 속의 씨앗을 어떻게 만들었겠습니까?

당신을 떠나고 싶어도

진흙이 자신을 어디로 내던질 수가 있습니까?

김피고, 김피고…… 새벽 법정에 이름이 울려 퍼지는데

해가 뜬다

모든 것이 그냥 꿈인데

얼굴이 바니타스의 시든 하얀 꽃 같다

나는

왜 밤마다 악몽에 시달리면서

남의 자동차 트렁크 안에서 촛불을 켜고 하얀 끈에 묶여서 울고 있습니까?

작은 부끄러움이 큰 부끄러움을 만들어 왜 이렇게 새벽이 어둡습니까?

내가 왜 경찰서에 응급실에 또 와 있습니까?

라벤더 님의 얼굴

얼굴은 자아가 아등바등 보따리를 싸놓은 것
살과 뼈로 이루어졌지만 연역적이거나 귀납적이다
이데아로서의 얼굴과 경험으로서의 얼굴이 있다
인터넷 사이트에 회원 가입을 하려는데
아이디를 잊어먹었을 경우에 자기 확인을 하는
별칭을 하나 지으라고 했던가
아닌가, 그런 비슷한 것

주부의 감각을 발휘하여
내 별칭은 인절미 님, 군고구마 님, 미나리 님, 누룽지 님,
단호박 님
니나리찌 님, 엘리자베스 아덴 님까지 갔다가
어느 사이트에 무슨 이름인지 다 까먹어서
(어디가 어딘지도 모른다)
안 되겠다, 이름을 통일하려고
라벤더 님으로 갔다

라벤더 님,이라고 답장이 오니 어딘가 이국적이고 그윽했다
라벤더라는 이름은 1+1=2라는 공식과는 다른 몸의 여운

을 풍긴다
    저 먼 이탈리아에서 기차를 타고 로마로 갈 때
    올리브밭 옆에 무성히 꽃 피고 있던 라벤더밭을
    기억한다, 지평선 끝까지 온통 라벤더 꽃밭이었다
    자아의 보따리를 스산하게 풀어놓고
    썰물을 사랑한 쓸쓸한 얼굴
    서서 쓰는 비밀의 일기장,
    아픈 망상의 합계를 심하게 견디고 있는 것 같은

    라벤더 님, 안녕하세요
    요새는 카톡으로까지 아침저녁으로 통신이 온다
    그 여자에게는 광채와 굴절률이 뛰어난 보석이 있어
    정체성이 다수다, 굴절되고 반사되고 산포된다
    그만큼 자아가 취약하고 쉽게 흐트러진다는 것이다
    경험의 얼굴과 이데아의 얼굴이 출몰한다는 것이다
    누가 라벤더 님,이라고 부를 때
    내가 얼굴을 돌려 바라보는 것은
    1+1=2라는 공식과는 다른 타인의 몸이 있고
    무수한 타인의 얼굴로 넘어가서 예쁜 보랏빛 꽃씨를 퍼뜨

리는

라벤더 님, 별칭이 주는 꿈이 있다

지상권 주택

어쩐지 멋진 주택이다
산속의 지중해풍 주택이다
기적이란 아무의 생에나 일어나는 것은 아니다
마음이 내 마음이 아니다
황공하게도 아주 싼 집이 나왔는데
하얀 벽에 스페인 기와지붕의 지중해풍 주택이다
집이 아주 싸고 좋아요
기적이 나의 생에 처음 일어나려는가
금세라도 통장과 도장을 꺼내려고 한다
지상권 집이니까요
네? 지상권 주택요?
땅은 안 팔고 집만 팔아요
네? 왜 땅을 안 팔아요? 집만 팔아요?
땅은 주인이 따로 있고 지상의 집만 파는 겁니다
지상권 주택이니까요
아름다운 빨간 지붕을 이고 하얀 집이 서 있다
눈은 현재의 집을 바라본다 미래의 집을 바라본다
마모의 미래를 바라본다
찰나 찰나 지상의 집은 삭아가고 곧 주저앉을 것이다

어느 마모의 미래에 집은 스러지고
집은 스러져도 나의 것이 아닌 땅은 남고
구름은 가도 나의 것이 아닌 하늘은 남는다

우리는 한낱 누구의 지상권 주택인가
땅에 봉분만 남아 있는 지상권 주택

미완성 교향악

슈베르트는 미완성 교향악을 쓰고 있네
세상에서 가장 긴 애도는 미완성 음악이라네
미완성 음악은 명사가 아니고 동사,
1악장 2악장까지 쓰고 3악장 120마디를 더 쓰다가
마무리를 못 짓고 사라진 열린 결말,
그 서글픈 바람 속에 장례 행렬이 지나가는데
모른다는 여백, 무반주 같은, 텅 빈 젠 가든 같은
머무를 수 없는 애도의 3악장 초고 같은

납골당 지붕 아래 열린 창문 너머로
미완성이라는 악보가 펄럭이고 있네
미완성 교향악은 열려 있는 관(棺)의 양식이고
미완성의 3악장에 120마디
악보를 쓰다가 그는 세상을 떠났네
무엇을 쓰다가 무엇을 하다가 양배추 씨를 심다가
또 무엇을 하다가……
스케르초의 첫 부분에 빠른 3박자, 격렬한 리듬, 황량한
바람,
애수의 서정, 슬픈 소용돌이…… 미완성은 열려 있고 무

한하고
　미지의 소용돌이에 이른다는 여백……

　세상에서 가장 긴 애도는 미완성곡이라네
　미완성 교향악은 흘러가는 동사,
　미완성은 열려 있는 관처럼
　스케르초의 초원, 들판, 강물, 구름, 햇빛, 샘솟는 소용
돌이,
　오늘, 내일 그리고 어느 무한한 날에
　미완성 교향악의 3악장 첫 부분의 나부끼는 악보를
　계속 쓰면서
　무한한 세계의 납골당 창문을 환히 열어두었네

　모른다는 여백을 들고 지붕 위로 날아가는
　멈출 수 없는 열린 결말의
　미완성 교향악이라고
　닿지 않는 꿈이라고

미당과 목월의 미완성 교향악

　미당의 「첫사랑의 시」를 읽다가 "초등학교 3학년 때/나는 열두살이었는데요/우리 이쁜 여선생님을/너무나 좋아해서요/(…)/그러면서 산에 가선 산돌을 주워다가/국화밭에 놓아두곤/날마다 물을 주어 길렀어요"를 읽었다, 여선생님을 사랑하는 마음으로 산돌을 주워다가 꽃밭에 물을 주어 기르는 마음이 있었다, 목월의 시 「임 1」에는 "밤마다 홀로/눈물로 가는 바위가 있기로//기인 한밤을/눈물로 가는 바위가 있기로//어느 날에사/어둡고 아득한 바위에/절로 임과 하늘이 비치리오"라는 시구가 있었다, 눈물로 바위를 갈아서 거울을 만들어 임과 하늘을 비추어보겠다는 그런 마음이 있었다, 물을 주어 돌을 기르는 미당과 목월의 마음, 영원회귀 같구나

　나도 이제 밤마다 돌에 물을 주어 기르는 마음을 알 것 같다
　밤마다 눈물로 돌을 가는 마음을 알 것 같다
　돌을 갈아서 거울을 만드는 마음을 알 것 같다
　슈베르트의 제8교향곡,
　1악장과 2악장은 완성되었지만
　3악장은 초고 120마디만 남았고

4악장은 시작조차 되지 않았다

3악장의 120마디만 남은 초고처럼
가난한 꽃밭에서도 돌에 물을 주는 마음이 있다
돌에는 마음이 없지만
돌에도 슬픔이 있을까
돌에 물을 주고 꽃을 키우는 마음은 운명애(運命愛)의 마
음이라고
왔다가 갔다가 또 온다는 영매의 꽃밭이라고
미완성 교향악이라고

까마귀와 해바라기
빈센트 반 고흐에게

사는 게 너무 힘들어서
자기 가슴을 총으로 쏜 사람
그나마 총을 잘못 쏘아서
빗나간 총알에 피를 흘리며
며칠 동안 통증에 시달린 사람
결국 며칠 만에 세상을 떠난 사람

하느님, 저는 밤마다 밤사이에 잘 죽기를 기도합니다
남의 일 같지 않은 죽음에 대해 기도합니다
구름 같은, 새 같은, 나비 같은, 꽃 같은 잠에 대해 기도합
니다
가슴에 총을 잘못 쏘지 않기를
아니, 가슴에 총을 쏘아도 총에 잘 맞기를 기도합니다
찬란한 빛, 해바라기의 불멸에 대해 기도합니다

보리밭에 까마귀가 울고 있는데
몸이 살아 있기에 고뇌합니다
고통이 있어서 간절히 해방되기를 원합니다
눈물의 고발 같은 슬픈 궤적이 하늘을 날아다닙니다

해바라기밭의 불멸이 노랗게 타오르고 있습니다

해골도 나도 이인칭이 되어

온타리오미술관 일층 어두운 벽면에 해골 액자 세개가 걸
려 있는데
투명 크리스털 해골 하나
검은색 해골 하나
분홍색 해골 하나

해골은 자화상인지 초상화인지 모르겠어
아니, 해골은 스스로 자라난 자화상이야
무게 없는 영혼들도 해골 위 어디에 걸려 있겠지
너무 맑아서 안 보이는 영혼도 어디에 있겠지
해골에는 나의 역사가 존재하겠지
해골에는 나의 죄지은 이야기도 존재하겠지
해골에는 우리 사랑의 역사도 존재하겠지

세개의 해골이 나를 보고
나도 해골을 보고
나는 그대를 보고 그대는 나를 보고
해골도 나도 이인칭이 되어 서로 바라보는 시간

해골은 중력이 있는 생명의 서(書)
아니, 영혼은 가벼운 생명의 서
너무 맑아서 안 보이는 영혼은 어디에 있는지
너무 밝아서 안 보이는 영혼은 어디에 있는지
보이는 것과 안 보이는 것
온타리오미술관 안에서

두꺼비집이 떨어지는 근하신년

일년 열두달 처음 열리는 새해 첫날에
영하 17도에
근하신년!
갑자기 정전이 오고
어두운 두꺼비집이 떨어지고
보일러 텔레비전 냉장고 밥솥 에어프라이어
모든 가전 다 안 돌아가고
어쩌자는 것인가
삶이 갑자기 바뀌고 밤이 갈라지고
주술이 가득 찬 피라미드 속 어두운 밤
새해 첫날
정전의 밤
철물점 아저씨도 새해 첫날 고향에 가고
전기 수리공도 한전 검침원도
다들 새해 첫날이라 놀고
저 아래 도시는 강추위에 어두운 빛은 더 춥고
앞집도 모르고 뒷집도 모르고 옆집도 모르고
두꺼비집은 밤새워 힘없이 떨어지고
온몸으로 동시에 두꺼비집은 내려가고

하얀 빨래는 빙폭처럼 얼어붙고
어쩌자는 것인가
지구가 태양을 맴돌지 않는 날이라도

몸에서 정신이 떠나가고
벽지에 그림자가 돌아오고
어두운 하역장 트럭에서 석탄은 와르르 쏟아지고
영하 한파에 신생아를 버리고 달아난 여인
강보에 싸인 아기가 응애응애 울고
폭설 아래 전봇대 아래
살을 찢는 엄동설한 속 신생아 옆에
누군가 황급히 놓고 간, 빨간 딸기 바구니가 놓여 있는
너의 근하신년

초음파 심장 소리

저 우주의 어느 어두운 곳
캄캄한 물살이 흐르는 곳
난황과 아기집,
회오리치는 물살 속에 검은 눈처럼 자리하고 있는 손톱만
한 물체
좀더 자라면
헤엄치는 물고기 모양으로 나부끼거나
자기 심장이 뛰는 소리를 고개를 숙이고 듣고 있는
외로운 고독자의 어렴풋한 영상도 나타나겠지,
너와 나는 탯줄로 연결되어 있겠지

아니 너, 너라고 불러도 될까
나도 아니고 남도 아닌
남도 아니면서 나도 아닌,
이토록 불안한 이방(異邦)의 이인칭

어떻게 나를 알고 이렇게 왔니
미안하구나
자궁과 조국은 선택할 수 없다고 하지만

내 마음은 우울하고 미천하고 늘 이렇게 어두운데
(바다의 물결은 모든 해상에서 5에서 최고 7미터로 높게
일겠습니다)
나는 늘 내가 나인 것이 불안하고
나는 늘 내가 나인 것이 두려워
어떻게 나는 가질 수 있을까?
이상하게 과잉된 행동을 하는 행복이 아니라
시냇가에 심어진 나무같이 조용하고 충만한 사랑을

심장 소리
어느 먼 원초의 시간에서 달려오는 말발굽 소리
어느 먼 언덕 너머에서 들려오는 격렬한 북소리
아니면 캄캄한 우주를 달려서 오는 급박한 기차 소리
착륙할 때 비행기 바퀴 울퉁불퉁 구르는 소리
그것은 가는 소리가 아니라
오고 있는 소리
내 몸속에서
자궁에서 심장으로
나 가까이로 나 가까이로 더욱 가까이 오고 있는 소리

내 심장으로 쿵쾅거리며 오고 있는 소리
지금 뛰고 있는 나의 심장으로
지금 뛰고 있는
너의 심장이
전속력으로 오고 있는 소리

둘이면서 하나인, 하나이면서 둘인,
나도 아닌데 남도 아니고
남도 아닌데 나도 아닌,
남이면서 나인
나이면서 남인
어느 불안한 이인칭의 존재
너,
어렴풋한 격렬한, 이방의 이인칭의
초음파 심장 소리

샤이닝 글로리

나는 그때 죽어도 좋았다
그때도 나는 정신이 나갔다

혼몽이라고 해야 하나, 혼수상태라고 해야 하나
내가 하얀 옷을 입고 하얀 길을 가는데 텅 빈 공백 같은 것
이 나오고 빛이 가득 차고 환한 빛이 가볍고 길을 가고 있는
데 앞에 가는 사람들이 하얀 옷을 입고 빛 가운데로 걸어가
는데 다정한 아는 사람들 같고 어머니가 있고 남편도 있고
아기 천사도 있고 앞으로 가는 사람들 발이 안 보이고 환한
빛 가운데에 어머니와 남편과 내가 가볍게 걸어가는데 너무
행복하고 편안하고 텅 빈 공백에서 느낌으로 통하며 하얀
햇빛이 환하고

노벨문학상을 탄 욘 포세의 『샤이닝』이라는 책이 있는데
임사체험 같은 대목이 있었다. 하얀 빛 덩어리, 텅 빈 공백,
같이 가는 사람의 인도, 모든 생명의 말이 침묵으로 들리고
검은 양복을 입은 남자는 말했다. "나는 항상 여기 있고, 여
기에는 항상 내가 있다", 표현할 수 없는 말들, 빛나고 환한
그 햇빛, 샤이닝 글로리

꿈인가 딸의 목소리가 들리고 갑자기 환한 빛이 흐르는데
간호사가 "이 사람 누구예요? 네? 누구예요?"라고 내 딸을
가리키며 물으니 내가 "동생이에요" 하니까 우리 딸이 울면
서 "제가 딸이에요"라고 답하고 간호사가 "환자가 정신이
아직 안 돌아왔나봐요"라고 하는데
　하루가 지났어요 실제로 이틀째 혼수상태가 오락가락하고

　그때 내가 병원 지붕 바깥으로 나가 아득히 주위를 둘러
보니
　젊은 사람들이 바쁘게 일하러 다니고
　빌딩 청소하는 일꾼들이 유리창을 반짝반짝 닦고 있고
　세탁소 아저씨가 발레 학교 다니는 소녀의 하얀 날개를
깨끗이 빨아
　빨랫줄에 말리고 있고
　저기 어디 교회에 있는 카페, 샤이닝 글로리가 보이고
　샤이닝 글로리에서 사람들이 두꺼운 책을 읽거나
　담소를 하고 있고
　저 멀리 응급실 안에서는 딸이 침대맡에서 내 베개를 붙

잡고 울고 있는데

　간호사가 내 어깨를 치고 나에게 자꾸 무엇을 질문하고
해서

　나는 다시 하얗고 고요한 빛 속으로 가면서

　그렇게 난 죽어도 좋았다

불면증은 묘지와 같다

그 섬은 사방에 수평선이 있었다
바닷가 이층집이 있고 시인이 있었다
새벽이면 갈매기들은 유리창에 똑똑, 노크를 하고 있었다
비바람이 유리창을 두드리는 날도 있었다
뜬눈으로 밤을 지새우는 시인도 있었다
유적지 같은 고독, 채석장 같은 고독도 있었다
불면증과 함께 쓰라린 모래가 눈 속으로 들어갔다
불면증은 묘지와 같았다

뜬눈으로 방에서 도망치며 바다 건너 묘지 섬을 바라보았다
산미켈레섬, 베네치아 건너편에 있는 공동묘지 섬으로
관을 실은 배가 매일 도착했다
묘비도 플라스틱 꽃도 해골도 있고 사방에 수평선이 있었다
공동묘지에도 불만의 불면증이 있을까
뜬눈으로 갈매기 소리를 들었을까
바람을 휩쓰는 갈매기들도 똑똑, 묘지의 영혼을 깨울까
누가 묘비의 이름을 하나하나 불러줄까

날개를 타고 올라가는 하얀 갈매기의 항변을 들었다

파도는 요동치고 비석은 바람을 향해 항거했다
묘지에서 무엇을 하는가?
불만의 불면증을, 갈매기의 찢어짐 소리를, 소스라치는
피뢰침의 아픔을 노래하려고 하는가?
불면증의 일기장 아래 자기 껍질이 깨지는 소리를 들었다
채석장 같은 묘지에서 자기 껍질이 깨지고 있었다
자기 껍질이 깨지자 씨앗이 남았을까?
해변의 묘지는 행복하고
이제 그만 불면증도 바람도 자유도 안식에 들었다
해가 환하게 빛나고 있었다

불면증의 선인장 숲

밤이 깊은데 왜 이렇게 잠이 안 와
불면증의 비애와 고독을 느껴봐
그래도 블루스, 힘든 이들이 부르던 우울한 애조의 노래
이건 목화밭이 아니고 선인장밭이라네
아프게 선인장을 파묻고 가슴에 가시를 찌르네
밤은 그런 불면의 밤이지

예전에는 두꺼운 전화번호부에 사람들의 이름이
쭉 인쇄되어 있었지
강은교 시인이나 이어령 선생 같은
고유한 고유명사, 동명이인이 없는 이름도 있는데

내 이름은 흔한 이름, 질경이나 냉이 같은 이름
내 이름은 동명이인이 많은 이름
인터넷에서 동명이인의 얼굴과 직업을 찾아보면
내 동명이인은 구구절절,
무슨 무슨 삶의 스토리를 다 가지고 있겠더라

밤인데 잠이 안 와

내 동명이인들의 스토리를 하나하나 불러보지
좋은 밤이야, 나에게는 운명 같은 자매혼이 있겠더라
우리에게는 이름이 있고 스토리가 있고
사랑도 꿈도 실패도 눈물도 비애도 고독도 있고
다 함께 또 다르게 유리창 같은 삶은 열리더라

똑같은 선인장의 피곤한 얼굴이고
애리조나 선인장 숲에 얼굴을 아프게 비비고
다시 평범한 사람들의 눈물 젖은 블루스도 있는데
가난한 동명이인들이 여기저기 있어도
이 몸에 이름 석자 새겨진 이 고독의 불면증
슬퍼도 아파도 이 선인장 숲속의 불면증의 밤

봄아, 너만 믿는다*

거주자 우선 주차, 골목에 세워진 작은 자동차를 보았다
자동차 후면 유리창 왼편에 포스트잇이 붙어 있고
몇겹의 투명 스카치테이프를 둘러 정성껏 고정해놓았다
'요주의'(빨간 글씨)
'위급 시 아기 먼저 구해주세요/Rh-B형'(검은 글씨)
글자가 빗발처럼 요동친다

누군지 모르지만 Rh-B형 아기의 모습이 자꾸 어른거린다
내가 Rh-B형이 아니어서인가, 자꾸 마음이 가는 것은
공기 속에는 모자 쓴 해골이 늘 따르고 있기 때문이다
연고와 무연고 사이
위독은 두서없이 오고
몸이 무덤이 되는
시간을 넘는 시간이 파도를 넘어 또 오고 있다

Rh-B형 피를 가진 사람이 늘 아이 가까이 있기를 바라면서
미모사 같은 가슴의 현악기들이
불시에 일어서며 우수수 흔들린다

봄아, 너만 믿는다

* 김형영 「화살시편 29 — 봄을 믿어봐」, "믿을 건 봄뿐이야" 패러디.

흑백의 자작나무

보통 백석의 나무라고 생각되는
흰 몸 자작나무들은 머리도 하얗고 얼굴도 하얗고
팔도 어깨도 다리도 무릎도 종아리도 발도 하얗고
복숭아뼈도 하얗고
모든 생각과 색채의 꿈을 지나 촉루처럼 하얗게
비탈에 섰다

나무껍질은 흰색이며 종이처럼 벗겨진다
심장이나 무릎 여기저기 검은색 통증이 새겨져 있다
겨울 강이 흐르는 산비탈에는 온통 자작나무다
지나왔다
앙상하다
엄연하다
하늘도 하얗고 땅도 하얗다
통증은 검고 추억은 하얗다

이름을 반납하고 남은 최후의 몸이랄까
등골 속으로 우지끈, 자작나무 하나가 일어선다
내 몸도 태우면 자작자작 하고 타는 소리가 나겠지

인간의 얼굴을 한 자연이라는 말과
추억의 얼굴을 한 인간이라는 말과
저 너머에 그런 마을이 있었다는 말과
그런 말을 버리고 이곳에 섰다는 말과

백석의 마을처럼 고요한 색깔 아래
마음도 촉루도 가족도 생각도 기침도 온통 하얀 자작나무
뼈에 종이 같은 피부가 다 벗겨지는데
차디찬 하늘 아래 그렇게 투명하고 파란 하늘이 있다

바니타스 아래 자유가 자란다

바니타스, 덧없다
바니타스, 쓰디쓰다
빨간 사과와 해골 아래
바람이 소멸이고 전설이다
허망의 내력조차 없다

자다가 죽은 여자
아프지도 않았는데 갑자기 죽었다
이유를 모르는데 이유도 없이, 정말 이유가 없었을까
흘러가는 것이 이와 같구나
죽음의 내비게이션은 어디로 가는 줄을 모른다

가자,
초침 소리여

바니타스, 허망하다
허망한 것이 허망할 때, 그래서 마음껏 다 허망할 때
비약적으로 자유로워진다고 한다
허망한 것이 충분해질 때 자유를 알게 된다고 한다

그래서

그렇게

빨간 사과와 해골 아래

진짜 허망한 자유가 된다고 한다

사랑도 바니타스, 어쩌라는 말이냐

바니타스
헛되도다
바니타스
헛되고 헛되도다
바니타스
헛되니 어쩌라는 것이냐

해 아래서 살아가는 사람들에게
사랑도 헛되니 어쩌라는 것이냐
시든 꽃과 썩은 과일과 촛불과 심지어 해골도
해 아래서 사랑 아래서
그래도 사랑을 기억하는데 아픈데 어쩌라는 것이냐

인간은 나를 '나'라고 말할 수 있는 존재
'나'라고 말할 수 있는 존재만이
바니타스를, 사랑을 기억해야 한다
시든 꽃과 촛불과 고개 숙인 해바라기와 심지어 해골도
헛되고 헛되어도 사랑은 사랑을 기억하는 사람인데
해 아래 해골 아래 더없이 어쩌라는 것이냐

제 4 부

갈대의 편지

살아 있는 모든 것은 다 자기 이야기를 지닌다
하찮은 갈대라고 어찌 자기 이야기가 없겠는가
나라고 어디 할 말이 없겠는가
늦가을쯤이면 말하지 않아도
사라지는 길들의 탄식이 가득하고
갈대는 목이 무거워 고개를 숙이고 있는데
모가지 꺾인 곳에서 비단 타래 같은 은빛 솜털이 솔솔
상처가 칼이 되지 않았구나
그것이 고맙다면 당신은 빈 갈대 안의 기도를 본 것이다
나하고 이야기라도 하자는 것인가
하얀 붓 같은 갈대의 백발이 나에게 몸을 기대며 나부낀다

이런 아름다운 가을에 갈대라고 어디 부칠 편지가 없겠는가
이런 아름다운 푸른 하늘 아래
갈대의 하얀 유서를 어찌 하얗게만 읽을 수 있겠는가

꽃샘추위

화엄사 절 마당의 홍매화를 보러 간다
문창 어디선가 누구의 기침 소리가 절절히 아프다
갈비뼈 아래 빨간 울림이 울리는 심장을 걸어놓았는데
갑자기 꽃샘바람이 더 몰려온다
그렇게 아픈 가슴이!
이렇게 저린 뼈마디가!
이렇게 쓰린 눈동자가!
심한 돌풍이 꽃이 피는 것을 시샘해도
흩날리는 꽃비에 취하여라
추운 바람은 불어도 햇볕은 그윽하고 포근하다
수직으로 열리는 빛, 정신없이 한없이 간다
저절로 취하여 간다
또 갑자기 추운 겨울 뼈마디가 낱낱이 일어서고
매섭고 맑고 뜨겁구나
오한에 취해 신열에 취해 나는 봄을 앓으며 간다
모퉁이가 나오는 곳이 봄이 오는 길인가
꽃은 스스로 치료하는 꽃이다가 저절로 봄이 된다

모두의 피아노

모두의 피아노
스트리트 피아노
손열음이나 조성진이 아니어도
쇼팽이나 모차르트 곡이 아니어도
아무나 자유롭게 아무거나 칠 수 있는 피아노
아름다운 피아노 소리에
얼굴이 오이장아찌 같은 행인들이 멈춰 서 있다
모르는 사람의 모르는 귀가 연보랏빛 이슬 묻은 나팔꽃
정원처럼 피어난다
진줏빛 피아노, 남색 피아노
모두 바다에서 나온 색인데
누구나 칠 수 있고
아무나 들을 수 있는 피아노

환자들이 물가에 와서 기다리다가
천사들이 가끔 내려와 물을 휘저어놓아
물결이 동(動)할 때
연못 속으로 들어가면
어떤 병에 걸렸든 낫게 된다는

베데스다 연못가

그 명암 한가운데

어딘지 찬란하고 좀 쓸쓸한,

우리 시 안에 도스토옙스키가 있으면 더 좋겠다

시 안에 웬 도스토옙스키?
그런 말을 할지 몰라도
우리 시 안에도 도스토옙스키가 들어 있으면 좋겠다
왜 우리 시에는 도스토옙스키가 거의 들어 있지 않은가?
심심하다
삶이 투명해져서? 세상이 착해져서?
아니면 세상이 너무 선해서?

불타는 펜으로
죽음과 허무는 우리가 가진 마지막 스페어타이어라는 생
각을 쓴
도스토옙스키
마음에 진정 도스토옙스키를 품은 시인은
이상, 김수영, 박서원, 이연주다
내 안의 지옥을 응시하고 부정하고 긍정할 줄 알았다
내 마음속 도스토옙스키
지옥에 내려갔다가 다시 올라오는 그런 시가 나는 좋다

돌을 기르는 시간

시시포스의 돌은 점점 더 올라가서 바위가 되고
시시포스의 바위는 술 취한 바위가 되고
시시포스의 바위는 미친 바위가 되고
시시포스의 바위는 절벽 아래로 굴러떨어져
다시 굴러떨어지다가
다시 밀어 올리는 시간입니다
  ─꿈을 향해 나아가려면 어느 정도는 미쳐야 한다고

밀어 올리다
굴러떨어지다
밀어 올리다
굴러떨어지다
  ─땅의 뼈를 쥐고 일어서라

  내가 세상을 떠난 다음 날, 나의 노트북에서 발견한 문장
을 당신에게 선물합니다
  "피투성이 돌을 안고 다시 밀어 올리는 마음, 그것이 환
희다"
  "이것이 카이로스의 시간이다"

엿장수 마음

폭양이 퍼붓는 한여름의 대관식인가
엿장수 가위 소리가 찰칵찰칵하며 도시로 들어온다
엿 사세요!
엿 사세요!
내 마음
네 마음
당신의 마음
무슨 마음이 그런 마음을 만나
엿장수 마음
절절 끓는 태양의 거리마다 숨은 비애가 숨죽여 밖을 내
다본다

엿장수 마음대로 흘러가는 것 같아도
엿장수 마음이란
이리저리 내 마음에 당신의 마음을 합친 것
엿장수 가위로 탁탁 동네를 불러 깨우고
비좁은 담장을 늘리고
메마른 수도꼭지가 비를 갈구하고
수십덩이 수박이 소나기 아래 마음 놓고 뒹굴고

두 손으로 물을 받으며 와아 와아 웃어도 좋아요

엿장수 마음
가위 소리
저승 가기 싫은 노인들 엿장수를 따라가고
시인들도 엿장수를 따라가고
디오니소스적 긍정, 그런 어려운 말을 몰라도
바보가 바보 되는 그런 시간
환하고 반짝하고 무한해요

자본주의를 탈출한 봄

오늘은 봄
강변북로에 말이 달리고 있다
차선을 지키면서 그냥저냥 달려간다
달리는 말의 몸 위로 봄의 아지랑이가 너울너울 휘날린다
경마장의 말이란다
말 한마리가 경마장을 탈출하여 봄을 달리고 있다
경마장이라니
자본주의 탈출
달리는 말의 폐에서 웃음이 퀴퀴한 공기를 몰아내고
  뱃속에서부터 솟구치는 웃음이 말의 폐를 씩씩하게 추동
하는데
  오늘은 왜인지 켕기는 것이 없다
  웃어라, 웃어라
  경마장에서 탈출한 말아
  사장님, 죄송해요, 오늘 날씨가 너무 좋잖아요,
  오늘은 봄
  경마장 사장의 큰 차량이 달리는 말 뒤를
  졸졸 따라간다
  경찰 순찰차도 말이 차에 치이지 않도록 호위하며 뒤를

따라간다
  서로가 별다른 폭력이나 저항 없이
  아무려나, 하고 싶은 대로 하렴
  봄은 아지랑 아지랑 하고 너그러운 봄날이다

양파밭에 양파 뽑으러 가다가

새벽에 양파 농장으로 일당 받고 양파 뽑으러 가다가
미니버스가 논두렁으로 추락하여 나뒹굴었다
흙 묻은 얼굴로 돌아보니
하얀 머리 할머니들이 의식을 잃고 쓰러져 있고
버스 파편이 어지럽게 뒹굴고 있다

나 오늘이 마지막이야, 아들이 이제 양파 하러 가지 말래,
이미상(未詳) 할머니의 마지막 말,
날개뼈가 아픈 날
밤새 울었는데
모든 것을 잊고 양파나 뽑으러 가자고 나왔는데
양파밭까지도 못 가고
눈앞으로 논두렁, 저기 저 나무, 덤불, 하얀 돌
몇개의 흰 돌이 나무 아래 덤불 뒤에서 은은히 빛난다

나무 아래 덤불 옆으로 간신히 기어 들어가
흰 돌을 꺼내 손에 쥐어본다
얼굴 위로 벌레 먹은 잎사귀가, 거미줄이 하얀 머리카락
에 걸린다

방금 낳은 새알처럼
따스한 돌
흰 돌을 들고 보니 김미상, 거기 내 이름이 적혀 있다

어느 새가 새벽에 이렇게 나를 낳았나
뇌가 아픈 나의 새

양파는 껍질, 원초적 허무의 맥락 없는 하얀 껍질
돌을 체온으로 녹여 알이 되는 기적
어깻죽지에서 날개가 돋아나 푸들거리는 기적

양파 농장 쪽으로 흙구덩이를 파고 기어가다가
한 손에는 양파 한 손에는 흰 돌
날개뼈가 아파서 하늘을 날아서 울면서 갔다
희망이랑 하늘이랑 구름이랑 날개랑 내 눈으로 감감히 그
런 것을 보았다
맑고 푸른 하늘이 그렇게 있었다

꽃을 준 사람

누가 꽃을 주었나
누군가에게서 무심결에 꽃을 받았는데
꽃을 받고
꽃을 안고 길을 걸어가는데
얼굴이 찢어질 듯 붉어졌는데

내가 꽃을 받을 자격이 있나
죄가 많은데
죄 많은 사람이 꽃을 들고 가네
사람들이 돌을 들고 외치는 것처럼
부끄러운데
죄 많은 사람이 꽃을 들고 가는데

죄를 묻는 방식이 그랬나
벌을 묻는 방식이 그랬나
사랑은 꽃을 준 잘못처럼 어긋나는 것인데
마음에 카프카의 법정이 있다면
꽃을 들고 가지는 않겠지만
꽃은 마음의 법정, 꽃을 들고 가네

몸의 선인장 정원

물을 많이 쓰는 일을 하시나요?
 ─아니요, 잘 안 하는데요

혹시 유리공예 만들기나 고된 노동을 하세요?
 ─아니요, 글 쓰는 일을 해요

물 쓰는 일이 아니라 글 쓰는 일을 하신다고요?
 ─네

엄지손가락, 집게손가락, 중지, 무명지, 새끼손가락……
오른쪽 왼쪽 열 손가락을 다 눌러보아도
지문이 안 나온단다

입김을 후 불어보거나 물티슈로 손가락을 닦고 다시 눌러
보세요
 ─네

지문 채취가 안 되는데요
 ─네? 왜요?

따님이나 아드님 생일이 언제인가요? 한개만 말씀하세요
── 네, 언제 언제입니다

네, 신원 확인되셨고요
── 왜 지문이 안 나와요?

금세 육체가 텅 빈 것 같다
혹시 이름 모르는 들판에서 그녀가 사라졌고
며칠 후 정신을 잃은 그녀를 다시 찾는다면
그들은 그녀를 어떻게 확인할 것인가?
마음은 얼른 비극 서스펜스 영화 한편을 찍는다

다섯개의 손가락, 열개의 손가락이 있는데
영혼의 지문은 그녀를 증명하지 못할 것이다
늙고 남루한 여자가
동(洞)주민센터를 터벅터벅 걸어 나간다
육체 전체로서 성명 불상의 도장이 된 것 같다
여운 같은 그늘을 끌고 그녀는 풍경 속으로 사라진다

그녀는 정체가 사라진 세상이 두렵고
세상은 백지가 되어가는 그녀가 두렵다
참, 다섯개의 발가락, 열개의 발가락이 있었지
다시 지문 채취를 해보러 여자는 또 동주민센터로 간다

가을배추 속에 노란 광채의 힘

가을배추, 겉배추는 연둣빛에서 푸르게 일어서고
속배추는 노오란 그리움으로 폭발하러 간다
노오란 그리움으로 폭발하러 가면서 맺히면서
마음을 모으면서 배춧속이 차오르는 것이다
시퍼런, 푸른 배춧속에 칼날이 지나가고
칼자국이 지나간 노란 배춧속을 가운데로 쪼갰을 때
반쪽의 배추 안에 환한 빛이 넘실대고 있었다
어쩌면 저렇게 이쁜 노란 배춧속에
동그란 후광이 있고
미친 칼날을 받아낸 것 같은, 속으로 칼날을 먹은 것 같은
속배추 속에
꽃 같은 영혼이 환하게 웃고 있는가
완전이란 아무것도 덧붙일 것이 없을 때가 아니라
아무것도 떼어낼 것이 없을 때 달성되는 것 같다고
생텍쥐페리가 말했는데
저렇게 숨 막힐 듯 완전한 황홀이 있을 수 있을까?
순결한 칼날을 받아낸 것 같은, 속으로 칼날을 먹은 것 같은
노오란 속배추의 광채
봄 여름 가을 겨울

싱그럽게 자라나는 한장 두장 세장 그 배추 몇장……
파란 배추 안에 노란 속배추 안에
기도하는 손을 환하게 켜놓고
가을배추, 광채와 색채의 힘, 나도 막 빛나게 웃고 있다

남의 힘 속에 있는 자유는 없다

계엄이라는 단어만 듣고도

얼굴이 없다
얼어붙었다
눈이 없다
입이 없다
귀가 없다
목소리가 없다
숨소리도 없다
폐가 없다
손이 없다
손목이 없다
발이 없다
발목이 없다

뛰자, 막!

도주
속 터지는 25시

144

엉성하고 허술한 자유라고 해도

내 가슴에 심장이 뜨겁게 뛰는 자유나

헬스장에서 운동을 마치고 물 묻은 머리카락을 탁탁 털고
나오는 여자나

유모차에 배추며 무며 소금이랑 감자랑 양파를 싣고 밀고
가는 할머니나

골목길에서 잉어빵을 사서 먹고 있는 사람이나

무거운 과일 박스를 들고 힘든 오르막길을 올라가는 택배
아저씨나

TOEFL 책을 들고 거리를 뛰어가는 학생이나

노숙자에게도 노숙자의 영토가 있다

자기의 자유는 자기의 것이다

뭐! 뛰자

갑자기 계엄이라는 단어 같은 그런 말

남의 힘 속에 있는 자유는 없는 것이고 아무것도 아니라
고 한다

사전연명의료의향서

대학병원에서 사전연명의료의향서를 쓰던 날
그렇게 마음이 부풀어 오르고 홀가분했다
이층 계단을 뛰어 올라가면서 자유라는 말이 저절로 나왔다
저절로 나오는 말은 진심이다

사전연명의료의향서를 쓰고 친필 사인을 하고 나자
갑자기 기린같이 몸이 건강해진 것도 같았다
가족을 더 사랑하고 싶었다
아는 사람도 모르는 사람도 더 사랑하고 싶었다
저절로 나오는 말은 진심이기에

나는 이해한다, 나의 의식이 있는 것만큼만 나는 존재한
다고
나는 이해한다, 심장마비같이 깨끗한 끝이 아름답다고
나는 이해한다, 죽기에는 내가 좀 아깝다고
또 누군가 죽으면 그들이 너무 아깝다고 통렬히 운다
그러면서도 나는 사전연명의료의향서를 해놓아서 다행
이라고 한다

해방과 해탈과 그 어떤 것들이라도

모순으로 가득히 넘치고

어두운 지하철보다 유리창이 빛나는 버스를 타고 간다

붕괴하는 자아가 벚꽃처럼 하얗게 흩어지고

강도 산도 들도 오막살이도 사전연명의료의향서도

다 환하게 사라진다

자기의 자유는 저절로 또다른 자유라고 한다

저절로 나오는 말이 눈물의 진심이라고 한다

행복에 대하여

오십년 종만 쳤을 뿐인데 사람들이 고맙대요(대전 대홍동
성당 조정형 할아버지)*
일분 종을 치는 것에도 온몸을 걸어야 해요
줄에 매달려 온몸의 체중을 실은 뒤 힘껏 당겨야 하니까요
청소할 변소가 있어서 나는 충분히 행복했다(틱낫한)
망할 놈의 예술을 한답시고(찰스 부코스키)

행복에 대하여 아무것도 모르지만
이런 풍경 속에는 신이 원하는 인간의 모습이 있는 것 같다
노동 속에서 눈물 속에서 피 속에서 고독 속에서
자신의 행복에 어울리는 사람은 자유롭다
오십년 종만 쳤을 뿐인데 사람들이 고맙다고 하네요

* 조선일보, 2019년 3월 29일.

땅끝 마을

땅끝,
모든 아픔의 역사가 여기에 와서 소멸되는 땅
보름달 커지듯 커지다가 지워지고
땅끝 가까이 와서
돌연 흙에 피가 펄펄 도는 것 같다
소멸에 가까운 곳인 줄 자기도 알고 있는 게다

너는 어떤 흙이냐
이런 흙, 저런 흙, 오만가지 흙,
봄에 일어서는 흙, 우는 흙, 울지 않는 흙,
모든 것을 기억하는 흙, 아무것도 기억하지 못하는 흙,
인간의 목소리가 들어 있는 흙, 탄식하는 흙, 용서하는 흙,
간호하는 흙,
젖으로 가득 찬 흙, 뿌리가 운행하는 흙, 포옹하는 흙……

돌연, 끝에 와서 희열의 흙에 피가 돌아 꿈틀거리는
땅끝,
끝, 끝의 끝, 끝, 진짜 끝, 마지막 끝

세상에, 베토벤 9번 교향곡 「합창」의 웅혼이 가득 찬 붉은 흙
(피콜로, 플루트 2, 오보에 2, 클라리넷 2, 바순 2, 콘트라바
순, 호른 4, 트럼펫 2, 트롬본 3, 팀파니, 큰북, 심벌즈, 트라이
앵글, 현악 5부, 소프라노·알토·테너·베이스 독창, 혼성 4부
합창)
한 베이스 독창자가 노래하네
"오, 벗이여, 이런 곡조 말고 더 즐겁고 환희에 찬 곡조를
노래하자!"

그 흙이 땅에서 끝나니까 땅끝,
땅끝이니까 바다가 나오지
물감을 칠한 듯한 파란 다도해

땅끝, 기막힌 끝에서 서로 마주 본다는 이 격한 포옹,
붉은 피가 콸콸 끓고 있는 진심의 황토 흙
태초의 사랑과
소멸하는 생명의 웅혼이 모두 여기에 와서
(알레그로 마 논 트로포·운 포코 마에스토소, 몰토 비바
체, 아다지오 몰토 에 칸타빌레,

프레스토 — 알레그로 아사이 — 프레스티시모 곡조로)

해남의 땅끝 마을 황토 흙 속에는
베토벤 9번 교향곡 「합창」의 장엄한 초연(初演)이
늘 지금 막 시작되는 것 같다

시를 쓰게 되면 그대로 살게 된다

자주 있는 일은 아니지만
시를 쓰게 되면 그대로 살게 된다
주술 같은 것일까,
지난번 시집에 위궤양에 대한 시를 썼는데
시집이 나온 뒤 위궤양으로 입원까지 하게 됐다
나는 시 쓰기가 두렵다
짓밟히고 절여진 사람, 단무지와 베이컨에 대해 쓴 후에는
진실의 콩가루,
쓰라린 소금과 식초에 절여지는 일이 생겼다
나는 얼마나 시시하고 비루한가
사랑의 헐벗음, 그 진정한 쓰라림과 비애 속에 절여졌다
더 무슨 말이 필요할까
시는 주술성을 가졌다는 것이다
시를 쓰게 되면 그대로 살게 된다
생활은 주인공이 없는 비애극
시어는 영매,
그것이 두려울 때 너는 생활에 너무 애착하고 있다
시는 늘 비포장도로로 나아간다

저절로 사는 자유

양경언

끝장과 싸우는 시

세계 곳곳으로부터 전쟁, 타인을 내모는 온갖 혐오의 선동, 자본주의의 지독한 횡포가 일으키는 흉흉한 소식이 들려오는 때에 김승희의 열두번째 시집을 읽는다.

방금의 문장은 다음과 같은 문장들로 다시 말할 수 있다. "이렇게 많이 죽었나"(「이 거리의 빈소」). 믿기지 않을 정도로 거리에 빈소가 차려지는 일들이 늘고, "왜 이렇게 재의 무대가 자주 찾아옵니까"(「폐허에서」) 물을 정도로 많은 이들의 삶이 처참히 무너지는 일이 반복되는 이곳의 사정을 모르지 않는데도 1973년부터 지금까지 줄곧 시로 세상을 감당하고 있는 한 여성이 있다. 시대의 절규를 품고 고통의 역사를 풀어내는 역할이 오래전부터 시인에게 부여되어왔다는 사실

역시 모르지 않으므로 시인으로서 그녀는 지치지 않고 써왔고 여전히 쓴다. '세상이 망했다'며 '끝'을 단언하는 일에 몰두하느라 절망을 한가지 표정으로만 받아들이려는 이들에게 맞서, 시인은 세상이 끝장날 것 같은 때에도 거기에 매이지 않고 시가 쓰이는 가운데 다다를 수 있는 출구를 향해 나아가기를 주저하지 않는다. 시인의 손끝에서 태어난 시편들은 마치 누군가의, 혹은 무언가의 마지막 살아 있는 호흡으로 쓰이듯 언제나 절박하게 지면에 새겨짐으로써 역으로 "마지막 끝"(「땅끝 마을」)에 대한 다른 상상력을 일으켜 세운다("땅끝이니까 바다가 나오지/물감을 칠한 듯한 파란 다도해//땅끝, 기막힌 끝에서 서로 마주 본다는 이 격한 포옹"). 그것을 독자인 우리가 다 본다. 시도 시인도 우리도 아무도 이 세계로부터 도망치지 않는다.

실은 도망칠 수 없다. 주어진 세계가 아무리 갑갑하고 답이 없다 하더라도 이곳은 우리의 몸이 정박해 있는 곳, "나도 모르게 생기는 우연한 돌발의 모깃소리"가 "앵앵거리며" 우리의 "뇌 속"을 강타하는 일도 그저 받아들이는 수밖에 없으니(「앵앵의 무늬」) 다른 방법을 찾을 생각은 애초부터 하지 말 것을 은연중에 세뇌하는 "당연의 감옥"(「세상에서 가장 무거운 싸움 2」, 『세상에서 가장 무거운 싸움』, 세계사 1995)이다. 이런 중에 시인은 어떻게 '살아 있는가'. 이를테면 "휘발되지 않"는 '슬픔'으로 이루어진 '가난'의 근심[難] 속에서도 "꼬부랑 할머니"와 "세살짜리 손녀"가 힘껏 돋우는 "파릇한

움틀임"의 기운이 포착될 때 그로부터 '가난'이 "마지막 단
어"가 되지 않을 수 있음을 깨우치면서(「가난에 대하여」), 또
는 '행복'과 '불행'이 "삶의 상투어"로 자리 잡으려는 사이
"순식간에 꽃"을 피우고 "아침마다" "빨간 사과"를 내미는
'자연'은 "상투어가 거의 없"이 매일같이 매섭게 살아 있음
을 조명하면서(「아침마다 생각마다 빨간 사과가 온다」), "돌이
기억하는 희망" "돌이 기억하는 절망" 들이 쓰인 "많은 페이
지의 무수한 하늘"과 "새로운 나를 낳고 싶"은 마음을 끝까
지 붙들면서(「그래도 푸른 하늘이 많다」) 살아 있다. 이는 피할
수 없으니 어쩔 수 없이 받아들이라는 식의 안온한 비관이
나 조금만 견디면 좋은 때도 올 것이라는 식의 나른한 낙관
그 어디에도 치우치지 않는 태도이다. 오히려 세상이 전부
끝나버린 듯한, 가망이 없는 듯한 느낌을 예민하게 의식하
면서도 유일무이한 "오늘 이 하루"(「이 반짝이는 하루」)로부
터 끝과 시작의 경계를 구체적으로 구축해낼 수 있다고 제
안하는 태도에 가깝다. 시는 세계의 비참을 있는 그대로 꿰
뚫어보는 일로부터 물러나 있지 않으면서도 기어이 그 한가
운데를 다 겪어냄으로써 다음과 바깥으로 나아가는 창조를
이룬다.

이 글은 "우리는 끝장났는가?"(Are we toast?)*라는 탄식

---

* 낸시 프레이저 『좌파의 길: 식인 자본주의에 반대한다』, 장석준
옮김, 서해문집 2023, 22면.

이 만연한 세상의 속박을 반죽 삼아 구워낸 "빵점"으로 "힘찬 자유"(「빵점」)를 노래하는 김승희의 시가 어떻게 "마지막 끝"의 의미를 갱신하는지에 관심을 둔다. 시가 다시 자유의 의미를 기억하고 해방을 쓰는 작업에 몰두해야 할 필요를 환기한다는 점에서 2026년 이후의 한국문학사는 김승희의 열두번째 시집에 빚을 지게 될 것이다.

고통의 세부로부터 탄생하는 '돌발성의 황홀'

김승희의 시가 '세계의 한가운데를 다 겪어낸다'는 이야기는 무엇보다 그의 시가 '지금 이곳'을 이루는 — 하지만 좀처럼 드러나지 않는 — 세세한 통증까지 가차 없이 받아안는다는 의미이기도 하다. 바로 그러한 이유로 그의 시에서는 삶의 세부가 지닌 입체적인 표정이 매우 구체적으로 드러난다.

"뜨겁게 달구어진 프라이팬 위에서/달걀의 흰자위와 노른자위가 익어가고 있다는 것이 시가 될까"라는 질문과 함께 시작되는 「이 뜨거운 시」는 시인의 네번째 시집 『달걀 속의 생(生)』(문학사상사 1989)에 수록된 「달걀 속의 생」 연작을 떠올리게 한다. 냉장고 속 차디찬 공간과 같은 "미해방의 절벽 위에서" "깨지고 싶어도" 깨지지 않고 조용히 꿈을 꾸는 사람이 있음을 일러주었던 이전 시(「달걀 속의 생 5」) 속의

'달걀'은 이번 시에서는 자신의 의지와는 상관없이 삽시간에 깨진 상태로 나타난다. 깨진 달걀은 "하얀 수증기에 살이 익어가는 고통" "맥락이 끊어진 뼈의 고통"을 감내하면서도 지지부진할지언정 계속해서 이어지는 "그런" 삶이 있음을 보여준다. 그 과정에서 폭발하듯 탄생하는 "두개골 속에 하얀 찔레꽃이 무더기무더기로 피어나"는 장면은 우리 삶이 세속으로만 이루어져 있지만은 않음을, "전복되고 굴러가"는 과정을 통해 "돌발성의 황홀"을 일으키기도 함을, 그때 쓰이는 것이 곧 시임을 전한다.

고통이 지닌 참된 성질이 비명(悲鳴)을 곧 삶을 붙들게 만드는 매혹으로 들리게 만드는가. "돌발성의 황홀", 이는 "어느 맑은 밤 순수문학 같"은 '보름달' 아래 철수를 앞둔 "동네 철물점"의 불빛이 앞으로 갈 곳 없어질 고장 난 것들의 사연을 쓸쓸히 비출 때나(「밤의 철물점 이야기」), "작가의 방" 안 "빗자루, 대걸레, 먼지떨이, 빨랫줄, 빨래집게"와 같이 대단치 않은 사물들이 저마다의 기억을 간직한 채 나란한 행렬을 이룰 때(「여성 작가의 방」) 그 속에 숨어 있던 "미치거나 울거나" 하는 '아리랑'이 훌쩍 흘러나오듯(「밤의 철물점 이야기」) 내밀한 일상성 한가운데로 침잠해 들어갔을 때 일으켜지는 것. 연대기적으로 그냥저냥 흘러가는 일상의 '크로노스'(Chronos)적 시간을 가로지르며 돌이킬 수 없는 전환으로 돌연 출현하는 '카이로스'(Kairos)의 시간처럼 "돌발성의 황홀" 또한 삶의 세부에 스며든 고통을 섬세하게 돌보지 않고

서는 성립되지 않는다("밀어 올리다/굴러떨어지다/밀어 올리다/굴러떨어지다/ ─ 땅의 뼈를 쥐고 일어서라//내가 세상을 떠난 다음 날, 나의 노트북에서 발견한 문장을 당신에게 선물합니다/"피투성이 돌을 안고 다시 밀어 올리는 마음, 그것이 환희다"/"이것이 카이로스의 시간이다"", 「돌을 기르는 시간」).

　이런 이야기도 가능하겠다. 여성 시인들의 시는 역사로부터 '비켜난' 사사로운 일상에 착목한다는 ─ 고대 그리스 시인 사포(Sappho)에 대한 소문에서 지금의 여성 작가들을 향한 시선에 이르기까지 유구하게 이어져왔던 ─ 오해는 이제 불식되어야 한다고. 사사롭다 치부되는 일상성을 파고들면서 "돌발성의 황홀"을 맞이하는 일이란 곧 거기에 잠겨 있던 고통의 역사와 마주하는 과정이자, 일상성의 짜임으로 이루어진 거대한 역사의 흐름을 실감하는 작업의 일환이다. 시가 삶에 밀착해 들어가 고통의 세부에 닿으려 할 때마다 지금까지의 세계가 역사로 여기지 않았음에도 분명히 역사의 일부로 역할을 해왔던 이들의 움직임과 그들이 일구어왔던 변화가 구체적으로 살아나는 일들이 벌어진다. 김승희의 시가 주의 깊게 살피는 삶의 세부로부터 역사의 현장은 새롭게 이해된다.

　　땡볕의 생존 속에서 두 손으로 뙤약볕을 가리는 뜨거운 손
　　가슴에 자서전을 꼭 품고

아침에 잠드는 전쟁 같은 하얀 꽃이여
낮의 옥잠화는 전쟁같이 시드는 꽃이지만
밤의 옥잠화는 야근을 하는 존엄한 생의 이야기
밤이 깊어지면 향기도 깊어지는데
힘이 없어도 힘을 내서 야근을 하는
박꽃, 달맞이꽃, 밤 나팔꽃, 분꽃이며 옥잠화여

이봐, 거기…… 또 밤이 부른다
네, 저 여기 있어요……
빛을 사랑하지만 그늘진 시간을 살아야 하는
낮에는 저주에 걸린 백조였을까
누구인지 하얗고 푸른 옥잠화의 허공에
모든 형상의 무너짐이며 사라짐이여
백설 같은 꽃이고 백설기 같은 꽃이고 야근을 하는 소녀
밤이여, 콩밭의 비명이여, 하얀 밤의 자서전이여
                              ─「야근을 하는 옥잠화에게」 부분

　이 시는 얼핏 한밤중에 "백설 같은" 모습으로 피어 있는
'옥잠화'를 "야근을 하는 소녀"로 비유한 작품으로 읽힌다.
화자는 낮이고 밤이고 제 몫의 생명을 힘껏 써내는 옥잠화
를 앞에 두고 오래도록 들여다보는 과정을 통해 옥잠화의
시선을 느끼고("내가 옥잠화를 보는 게 아니라 옥잠화가 나
를 보고") 음성을 듣는("네, 저 여기 있어요……") 등 옥잠

화의 세계를 이루는 살아 있는 것들끼리의 생생한 교감을 흠뻑 맞이한다. 흥미로운 점은 그러한 상황을 표현하면 할수록 옥잠화를 비유하는 "야근을 하는 소녀" "밤에 옷을 짓는 소녀"의 형상이 더욱 뚜렷해지고, "힘이 없어도 힘을 내서 야근을 하는" "존엄한 생의 이야기"를 저 자신의 '가슴'에 '자서전'으로 새겨 나갔을 역사 속 어린 여성 노동자들의 삶이 단순한 비유성을 넘어서서 지시성을 획득한다는("모든 형상의 무너짐이며 사라짐이여") 데에 있다. 시에서 생의 세부에 밀착해 들어가는 과정을 통해 일으켜지는 "돌발성의 황홀"이란 이처럼 잊힌 역사의 일부가 우리의 감각으로 다시 쓰이게 하는 역할을 한다. 시의 마지막 구절 중 "콩밭의 비명"은 단지 콩밭에 바람이 스치는 소리를 일컫는 게 아니라 "빛을 사랑하지만 그늘진 시간을 살아야" 했던 존재들이 비로소 제 이야기를 시작하면서 내는 소리라고 말해야 할 것이다.

이러한 맥락에서 시인이 이전 시집부터 공들여왔던 작업 중 특히 역사가 자주 잊으려 하는 여성들의 죽음에 예의를 갖추고 애도를 표하는 시를 짓는 일에 대한 이해도 가능하겠다. 이번 시집에서는 예술가 차학경을 떠올리게 하는 「분홍색 십자가 아래 이름 없는 주소 아래」, 연기자이자 '엄마'였던 최진실을 생각하는 「개나리꽃의 일기」, 고독사한 친구의 사라지지 않는 고독을 품어내는 「수선화가 있는 달력」이 여기에 해당한다. 시인은 허공을 헤매고 있을 그녀들의 고유한 독백 깊숙한 곳으로 침잠해 들어감으로써 "신이 눈물을 흘리는 마지막 아픔"(분홍색 십자가 아래 이름 없는 주소 아래」)과 "헌화를 놓는 두 손/속에 뼈가 있는 파란 사과"(「개나리꽃의 일기」), "영하 50도의 불꽃을 지닌 수선화"(「수선화가 있는 달력」)라는 "돌발성의 황홀"을 번쩍 살려내고 그를 통해 끝내 지워질 수 없는 역사를 드러낸다.

역사는 특정한 누구의 힘으로 함부로 단절될 새 없이 모두가 각자의 자리에서 시적인 충동을 통해 새롭게 이야기하기 시작할 때 다르게 이어지고, "시는 클리오(Clio, 뮤즈의 한 사람인 역사의 여신)와 영감(靈感)과 춤추는 언어와 달리는 음악으로"* 쓰인다. 풀어서 말해볼까. "피고 지는 것이 저절로 되"는 이들의 약동이 오늘을 개화한다는 믿음으로 쓰인 시(「꽃이 굽이치는 자리」)에서처럼 시는 '역사의 여신'과 더불어 쓰이고, "자아가 아등바등 보따리를 싸놓은" '얼굴'에 "이국적이고 그윽"한 '별칭'을 매김으로써 언어의 춤이 이끄는 꿈의 세계로 발랄하게 넘어가는 시(「라벤더 님의 얼굴」)와 같이 '춤추는 언어'와, "너무 맑아서" "너무 밝아서 안 보이는 영혼"과 "보이는" '해골' 사이에서 일으켜지는 리듬에 의해 '나'가 '나'를 "이인칭"으로 노래하는 시(「해골도 나도 이인칭이 되어」)와 같이 '달리는 음악'으로 생성된다.

* 김승희 「나의 삶 나의 문학: 대낮의 사막에서 사마리아 여인이 우물물을 긷고 있네」, 『흰 나무 아래의 즉흥: 김승희 문학선』, 나남 2014, 556면.

자유(liberty) 건너 자유(freedom), 저절로 자유

그러니 저절로 일어나는 약동과 춤과 노래와 영감을 막아서는 세상은 시의 자유가 제한된 세상과 다르지 않다. 아니, 이때의 자유는 시만의 것으로 한정되어 있지 않다. 제한된 자유도 자유라 할 수 있는가. "누가 자꾸 자유라는 단어를 가두고 있는 것 같"(「자유라는 말에 대하여」)은 요즘, 김승희의 시는 자유 그 자체를 '자유롭게' 발설하고 사유하는 역할에 대한 기대를 시에 건다.

지금 우리에게 "빵점 같은 힘찬 자유"(같은 시)라는 말은 왜 중요한가. 이 말이 유난히도 상쾌하게 다가오는 이유는 무엇일까. 이는 분명 2024년 12월 3일 한국사회에서 벌어졌던 '계엄 사태'와 같이 '자유'라는 말을 얼룩덜룩 굴절시켜 내세우는 세력들이 혼란을 가중시키곤 하는 현실 정치와 연결된 질문이기도 하지만("계엄이라는 단어만 듣고도//얼굴이 없다/얼어붙었다/눈이 없다/입이 없다/귀가 없다/목소리가 없다/숨소리도 없다/폐가 없다/손이 없다/손목이 없다/발이 없다/발목이 없다", 「남의 힘 속에 있는 자유는 없다」), 궁극적으로는 자유와 같은 개념을 법적인 테두리에 가두고 정해진 답이 있다는 듯이 대하는 답답한 세태를 비판적으로 점검하는 질문이자("밤마다 재판을 받고 하도 피고, 피고…… 하고 부르니까/내 이름이 김피고인 것만 같다/꽃들이 피고 지고 피고 진다/골짜기를 넘어 들판을 지나 멀리멀리 울음소리가 길에 가득하다", 「피고 일기」), '지금 이곳'에 내던져지듯 태어난 우리가 앞으로 어떻게 살아가야 하는지를 고민하는 과정에서 수용해야 할 가능성의 원천으로서의 자유에 관한 질문이기도 하다.

「자유라는 말에 대하여」에서 화자는 뉴욕의 '자유의 여신상'이 "법적 자유"로 제한된 의미를 지닌 '자유'(liberty)라는 이름의 조각으로 서 있음을 새삼 확인한다. 그러면서 "자연적인 자유", 즉 어디에도 매이지 않고 훨훨 움직이는 해방과 연결된 '자유'(freedom)는 오히려 여신상이 신고 있는 "편하고 쉽고 말랑말랑하고 허름한 슬리퍼"로부터 느껴진다는 이야기를 꺼낸다. 이를 경유해서 생각해볼 때 아무래도 시가 추구하는 자유란 혈통과 신분에 의한 불평등한 배치에 반대하여 경제적 평등을 추구하려는 '자유주의'(liberalism)나 경제 영역을 넘어서서 평등의 형식을 정치적으로 성립시키려는 '자유민주주의'(liberal democracy)에서 제시하는 개념적 '자유'에 국한되어 있지 않은 것 같다. 어쩌면 그런 식의 정답에 가까운 정리가 그간 '자유'의 숨통을 막았는지도 모른다. 시는 그보다 "세수도 안 하고 머리도 안 빗고/초라한 꼴로 동네를 누비다가 횡단보도 한가운데서" 사람들을 우연히 마주친 화자가 자신의 사회적 위치를 신경 쓸 새도 없이 "불시에 너무 반가워서" 그이들의 "손을 잡고 마구 환하게 웃었"을 때 찾아든 자유, 살아 있는 자아가 갖춘 고유성이 저절로 살아날 때 발현되는 자유를 중요하게 여긴다. "빵점 같은 힘찬 자유", 그것은 곧 "텅 빈 하늘 흰 뼈 하나로 남을 때까지" "명확하"고 "확실하"게 "속박을 벗어나서 나아가는 것"(「빵점」), 우리를 단속해왔던 제도와 관계와 욕망과 세상사 모든 것이 헛되고 덧없음을 깨닫고 "마음껏 다 허망"해질 때 "비약적으로" 도달할 수 있는 것(「바니타스 아래 자유가 자란다」), 그러니까 이제껏 출발하지 못하고 있던 어떤 '시작'이 아무것도 걸치지 않은 채 솟아나는 것이다.

자유는 더 많이 있다. 시인이 '사전연명의료의향서'를 쓰던 날, "붕괴하는 자아가 벚꽃처럼 하얗게 흩어지고/강도 산도 들도 오막살이도 사전연명의료의향서도/다 환하게 사라"지면서 "자유라는 말이 저절로 나왔다"고 했듯이(「사전연명의료의향서」) 자유, 이 말은 '끝'이 만들어내는 두려움 곁에 미완성의 활동이 영원히 이어질 수 있다는 사실을 둠으로써 '지금 이곳'이 품고 있는 여러 가능성을 저절로 살려둔다는 의미로 쓰인다. "묘 이장을 하러" 간 날, '가족묘'가 열린 자리에서 "작은 고치가 올라"오고 "약속도 없이 흰나비들"이 "날아서 춤추"는 모습을 지켜보며 화자가 "아주 오래전에 죽었고 새로 살"기도 하는 삶의 순환을 느꼈듯이(「얼마나 깊은 고독 속에서 무수한 흰나비가 날아오는지」) 자유, 이 말은 뫼비우스의 띠처럼 안과 밖의 구분 없이 끝과 시작이 속절없이 이어지면서 주어진 상상력 바깥으로 뻗어 나가 움트는 생명력의 활동을 이르는 의미로도 쓰인다. 그뿐만이 아

164

니다. 빗방울이 제각기 마구 쏟아지면서 "새로운 물방울이 새로운 구름을 만"들고 "새로운 빗방울마다 새로운 아픔이 박"혀 있음을 힘차게 만끽하게 해주는 '소나기'로부터의 자유는 모두가 똑같지 않은 각자의 해방을 맞이하는 길 위에서 그 의미가 만들어지기도 한다(「소나기로부터의 자유」).

세계 곳곳으로부터 살아 있는 많은 것들이 죽음에 내몰리는 소식이 들려오는 지금 우리에게는 그러므로 자유가, 해방의 길을 따라 제각기의 얼굴로 마음으로 삶으로 저절로 살아나고자 하는, 허물어진 바로 거기에서 시작되고자 하는 "빵점 같은 힘찬 자유"가 필요하다. 그로부터 세계는 이전과 다르게 이어질 수 있을 것이다. 변화할 수 있을 것이다. 시인 자신이 앞서 그렇게 시의 삶을 꾸려왔다.

시인이여, 당신이 시 쓰는 일을 척박한 모래밭 한가운데 놓인 밑 빠진 항아리에 물을 붓는 작업으로 비유했을 때,* 그 물은 사막 깊숙이 스며들어 멀리멀리 퍼져 나가 땅속 깊은 곳에 파묻혀 있던 수많은 씨앗들의 눈을 뜨게 했다는 것을 알까. 물론 우리에게는 똑같지 않은 해방이 찾아올 것이

---

* "'십자가가 없는 곳에 은총이 없다'는 말을 생각하면서 문학은 저에게 고난이자 축복이었다는 생각을 했습니다. 햇볕이 쨍쨍 내리쬐는 사막으로 사람들을 피하여 대낮에 우물물을 길러 나가는 사마리아 여인처럼 살아왔네요. 밑 빠진 항아리에 오늘도 그녀는 우물물을 길어 붓고 있습니다. 대낮에, 사막에서요, 밑 빠진 항아리에.", 같은 책 9면.

다. 똑같이 나누어 가진 것은 희망. 그리고 그것을 움켜쥐게
만드는 자유. 깨진 항아리의 틈 사이로 새어 나간 당신의 시
가 그것을 알게 해주었다.

梁景彦 | 문학평론가

| 시인의 말 |

비관적이며 비참한 이 어두운 세계는 알 수 없는 불안과 비애로 가득 찬 곳입니다. 세계의 신문지도 양쪽으로 쭉 찢어지고 거리도 광장도 양쪽으로 찢어집니다. 그러다보니 나의 말은 어디로 가는지 나도 모릅니다. 그래서 나는 언제나 불확실한 나입니다. 그래서 언제나 "너는 누구냐" 하며 거울을 만져보고 싶은 나입니다. 그래서 나의 문학은 죄와 우울의 주홍 글자 같은 것인지도 모릅니다. 갑자기 무심결에 바람처럼 '바니타스'라는 말이 들려올 때가 있습니다. "헛되고 헛되며, 헛되고 헛되니, 모든 것이 헛되도다." 전도서의 말입니다. '허망'이라는 말이 다섯번이나 반복되네요. 아무 희망이 없고 허망만 있다면 결국 다른 아무것도 없는 것인가요. 상상임신의 허망이나 환몽 같은 것이라도 혹시 어떤 도전일 수도 있을 것 같습니다. 그리고 그런 때 허망은 자유와도 통할 수 있을 것 같습니다. 그런 빵점 같은 힘찬 자유가 나는 좋습니다.

희망은 언제나 더 기다리는 사이!

새의 날개뼈를 모아 또 시집 한권을 묶습니다. 열두번째 시집입니다. 고맙습니다.

2026년 1월

김승희